사랑쟁이
아빠편지

사랑쟁이
아빠편지

초판 1쇄 인쇄 2022년 5월 5일
초판 1쇄 발행 2022년 5월 25일

지은이 배기표
사 진 김선혜 · 배경빈
펴낸이 권희동
펴낸곳 아띠북
디자인 김민주

출판신고 2020년 12월 1일
주소 10522 고양시 덕양구 무원로17 803-607
전화 031-974-5137
이메일 gogoi2002@hanamil.net

ISBN 979-11-972806-0-3 03800

* 가격은 뒤표지에 있습니다.

사랑쟁이 아빠편지

배기표 지음

아띠북

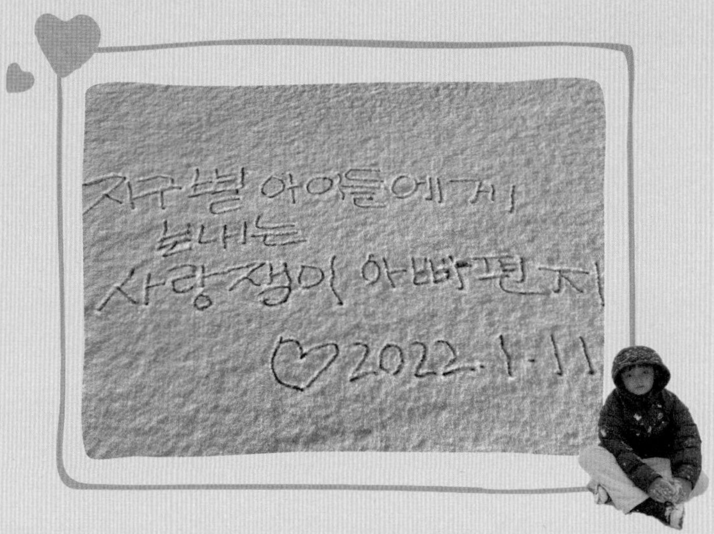

경빈이와 지구별 아이들에게 보내는 '사랑쟁이 아빠편지'를

세상에 뿌려진 따스한 사랑을 온전히 느끼고 감사해하는

사랑쟁이 ______________________________에게

선물로 드립니다.

사랑쟁이 아빠가 너에게 편지를 쓰는 이유!

사랑을 시작하는 너에게 이해와 배려가 가득한 진정한 사랑의 의미를 전하는 '사랑메신저'가 되었으면 해.

새로운 길을 떠나는 너에게 '따스한 격려와 응원'이 되었으면 해.

인생의 문제에 대해 고민하는 너에게 '지혜로운 네 가슴의 목소리와의 만남'이 되었으면 해.

지치고 힘든 너에게 '포근한 위로'가 되었으면 해.

일상의 행복을 소중하게 생각하는 너에게 우리 가족이 함께 만든 '추억의 보물상자'가 되었으면 해.

미래를 불안해하는 너에게 지금 이 순간 그리고 지금 여기의 소중함을 느끼게 하는 '지혜로운 선물'이 되었으면 해.

평화로운 마음을 원하는 너에게 자연이 가진 위대한 힐링의 힘을 경험하게 하는 '마음코치'가 되었으면 해.

행복한 미래를 꿈꾸고 상상하는 너에게 긍정과 감사 그리고 열정의 에너지를 전하는 '희망 발전소가' 되었으면 해.

스스로를 너무 사랑하는 너에게 네가 사랑하는 너만의 길을 향해 나아가도록 하는 '사랑 나침반'이 되었으면 해.

지구별 가족들을 사랑하는 너에게 더불어 살아가는 인생의 행복함을 알려주는 '따뜻한 지혜'가 되었으면 해.

가끔 달콤한 초콜릿 같은 사랑쟁이 아빠가 보고 싶을 때에 그리고 너의 마음을 사랑으로 채우고 싶을 때에 이 편지들 중에 그저 하나 편안히 읽어보렴. 비록 조그만하지만, 소중한 너에게 '사랑의 지혜와 위로'를 담은 따사로운 선물이 되기를 기도한단다!

사랑해! 나의 아들아! 그리고 지구별의 소중한 아이들아!

사랑쟁이 아빠가

사랑 가득한 배기표 작가는 『왜냐고 묻지 않는 삶』에서 들려준 저의 이야기가 어쩌면 자신이 『사랑쟁이 아빠편지』에서 아들에게 들려주는 이야기와 다르지 않으므로 추천사를 부탁한다고 하였습니다. 경빈이가 늘 타인을 향해 활짝 열린 사랑의 삶과 함께하면서, 남의 시선에 지배되지 않고 자기 스스로 주인이기를 기도하는 마음으로 쓴 글들이라고도 하였습니다. 어찌 이러한 바람이 사랑쟁이 아빠와 저만 간직하는 것이겠습니까? 세상의 모든 부모 마음이 이러할 것입니다.

부모의 마음으로 추천사를 어떻게 쓰면 좋을지 생각하면서 글을 읽어 나가게 되었습니다. 평소 '착한 경영'을 강조하는 경영컨설턴트이자 회계사인 그가 이러한 지론을 펼치는 이유가 이 책에서도 고스란히 드러났습니다. 학업이든 일이든 삶이든, 무엇이든 경빈이가 장차 맞닥뜨리게 될 온갖 삶의 레이스에서 결과보다 과정의 가치와 의미를 알고 즐길 수 있는 '좋은 사람' 그리고 '사랑 가득한 사람'으로 가꾸어지길 원하는 까닭입니다.

아주 가슴 따듯하고 재밌는 글입니다. 경제, 교육, 문화 등 다양한 분야를 넘나드는 지식과 지혜를 가진 아빠라는 걸 금방 알 수 있습니다. 또한 인생이라는 열린 캔버스를 아름다운 색으로 그리기 위해서는 자신만의 고유한 색이 외부의 다채로운 색과 함께 어우러져야 함을 아는 자유인임이 틀림없었습니다. 그런데 불행(?)한 일이 있습니다. 이 편지의 수신인인 경빈이는 2016년에 네 살배기라서 이렇게 좋은 책을 아직은 읽을 수도, 이해할 수도 없습니다. (*『사랑쟁이 아빠편지』는 2016년 전자책으로 출판되었다가, 그사이의 미소 가득 웃음 가득 러브레터를 듬뿍 담아 2022년 봄에 종이책으로 다시 출판하게 되었습니다. 이제 경빈이 나이는 10살이어서, 책을 읽으며 사랑쟁이 아빠의 생각을 조금은 이해할 수 있게 되어 기쁘답니다.) 또한 조금만 더 성장하면 천사 같은 모습은 사라지고, 산책하러 가자는 아빠의 제안을 '산책하기 싫다'는 말로 거절하거나 걷잡을 수 없는 짜증을 부릴 때도 있을 것입니다. 가끔 말썽을 부려 아빠를 잔소리의 유혹에 빠지게 할 수도 있을 것입니다. 그럴 때마다 사랑쟁이 아빠는 저처럼 '지혜는 가족끼리 지지고 볶는 난리법석 가운데서 태어난다'는 사실을 깨닫고, 잔소리를 늘어놓기보다는 "그랬구나" 하면서 아이를 있는 그대로 끌어안으면서 다시 시작하리라 다짐할지 모릅니다. 그렇기 때문에 당분간 사랑쟁이 아빠의 편지를 읽어야 할 수신인은 경빈이가 아니라, 어린 자녀를 키우는 세상 부모님들이라고 할 수 있겠습니다.

인상 깊은 책 속 구절 중에서 사랑쟁이 아빠가 초등학생 시절 참가한 미술대회에서 독특한 그림을 그려서 친구들에게 놀림당했을 때, 그의 어머님께서 들려주셨다는 사랑의 메시지를 소개합니다.

"아들아! 남의 시선은 결코 중요하지 않단다. 다른 사람의 생각이 항상 옳은 것은 아니란다. 그리고 잠시 너를 본 그들이 너의 진정한 능력을 어떻게 알 수 있겠지? 너만 최선을 다했다면 그걸로 이미 훌륭한 거란다. 미술은 누구에게 보이는 것을 그리는 게 아니라 자신의 느낌을 담는 거야. 넌 정말 잘 그렸어. 걱정 말고 편히 자렴."

— 알렉상드르 졸리앙

(번역: 베르나르 세네칼 신부)

알렉상드르 졸리앙 | 스위스 철학자이자 수행가입니다. 아카데미프랑세즈에서 수여하는 모타르상과 몽티용 문학철학상을 수상한 첫 책 『약자의 찬가』를 시작으로 『인간이라는 직업』, 『자아의 구성』, 『벌거벗은 철학』 등을 통해 남다른 삶의 궤적이 고스란히 반영된 독창적인 철학서들을 펴냈고, 특히 2012년에 나온 『나를 아프게 하는 것이 나를 강하게 만든다』는 프랑스 아마존 32주 베스트셀러를 기록하

는 등 철학자이자 밀리언셀러 작가로서 많은 이에게 사랑을 받고 있습니다. 사랑쟁이 아빠는 알렉상드르의 "남과 비교하지 않으며, 있는 그대로의 자신을 사랑하며, 그 속에서 삶의 진정한 기쁨과 행복을 누릴 수 있어야 한다!"는 철학적 사유를 사랑합니다.

베르나르 세네칼 신부 | 대한민국에서 종교학과 교수를 역임하였습니다. 캐나다 퀘벡 출신의 예수회 신부님이며, 가톨릭과 불교의 만남을 통한 종교 간의 평화를 실천하는 파란 눈의 수도자로 유명합니다. 철학자 알렉상드르 졸리앙의 정신적 아버지이기도 하며, 알렉상드르 졸리앙과 사랑쟁이 아빠를 친구로 서로 소개하였답니다. 사랑쟁이 아빠는 신부님이야말로 이 시대의 살아 있는 진정한 종교인이며, 정신적 스승이라 생각하고 있습니다. 특히 신부님이 가진 정신적 평화로움과 포용성이 지구별의 소중한 아이들에게 전해지기를 소망하고 있습니다.

목차

77편의
러브레터

하얀 머리 아빠를
있는 그대로 좋아해줄래!

사랑하는 경빈아. 오늘 아침 거울을 보니 아빠의 머리가 유난히 하얗게 느껴졌단다. 누군가는 아빠 머리에 함박눈이 내렸다고 하기도 해. 아빠 스스로는 솔직히 하얀 머리가 멋있다고 생각해. 어떻게 보면 아빠의 독특한 개성 같기도 해서 말이야. 그런데 엄마를 비롯해 주위 사람들이 걱정을 해. 경빈이가 유치원에 들어가면 친구들이 경빈이 아빠는 할아버지 머리라고 놀릴거라면서. 이런 걱정을 잘 알기에 막연하지만 아빠도 경빈이 입학에 맞추어 언젠간 검은색으로 머리를 염색할 생각이란다.

이런 생각의 가운데에 얼마 전, 아빠는 한 이메일을 받았단다. 아빠가 쓴 신문의 칼럼을 보고 초등학교 시절(아빠 어릴 적에는 초등학교를 국민학교라고 불렀단다!) 친구 녀석이 신문사를 통해 연락을 해온 거였어. 그 친구와 거의 30년 만에 커피를 한잔하게 되었단다. 아빠는 만나는 순간, 그 친구와의 추억들이 영화의 한 장면처럼 스쳐 지나가더라구. 마치 30년 전의 타임캡슐을 생생하게 열어보는 것처럼.(아마 이런 느낌을 경빈이가 지금의 아빠 나이 정도가 되면 알 수 있지 않을까?) 순간 추억에 빠져 있는 아빠에게 친구가 먼저 옛이야기를 꺼내더라구.

“기표야. 기억나니? 넌 유일하게 내 얼굴의 흉터를 놀리지 않은 친구였어. 백일장 때 내가 쓴 동시를 보고 네가 칭찬해주고 몇 부분 고쳐주었잖아. 그때 상을 타고 같이 축하하며 떡뽂이를 먹으러 갔었어. 그리고 한번은 나 놀리던 친구를 네가 혼내주었던 것도 생각나. 너의 응원으로 난 외톨이가 아니라는 것을 알게 되었고, 사람들에 대해 마음을 열기 시작했어. 지금은 사람들의 마음을 돌봐주는 정신과 의사야. 와! 근데 이제는 회계사인 네가 멋진 책을 내고 신문에 글을 쓰고 있네!”

친구의 말을 들으니 아빠는 오히려 그 친구 덕분에 소중한 삶의 가치들을 배웠다는 생각이 들었어. 가장 큰 배움은 친구의 얼굴과 같은 겉모습이 아닌 사랑과 배려 같은 마음의 아름다움이 갖는 소중함을 발견하고 존중해야 한다는 것이었어. 그래서 아빠는 친구를 조금 더 이해하게 되고 친구의 숨겨진 장점도 보게 된 거 같아. 그리고 또 친구의 동시를 읽어주고 함께 공감하면서 아빠도 글을 쓰는 취미를 가지게 된 거 같아. 어떻게 보면 지금 경빈이에게 글을 쓰는 것도 아빠 친구 덕분인지 몰라.

경빈아. 아빠 기억으로는 그 당시 아빠도 꽤나 놀림을 받았던 거 같아. 아빠는 운동회 때마다 아빠의 엄마가 아닌 아빠의 할머니가 도시락을 싸가지고 오셨거든. 아빠의 엄마(경빈이의 할머니를 말하는 거란다!)

가 직장을 다니셨기 때문이야. 엄마랑 운동회에 온 같은 반 아이들이 괜히 놀리고 싶었던 거였겠지. 그런데 이런 사정을 아신 아빠 담임 선생님께서 이런 말씀을 해주셨던 것으로 기억해.

"기표야. 남의 눈에 비친 네 모습은 중요하지 않단다. 네 스스로 행복하고 당당해야 한다! 그게 사나이야!"

선생님 말씀에 용기를 얻고, 아빠는 친구들에게 이렇게 얘기했단다.

"너희들은 운동회에 함께 오실 수 있는 할머니 있니? 너희 할머니들 중에 우리 할머니처럼 한학을 공부하신 분 있니? 난 훌륭하신 할머니와 운동회에 올 수 있어서 정말 행복해!"

신기한 것은 아빠 스스로 당당해지고, 놀리던 친구들에게는 오히려 그들의 장점을 칭찬해주었더니, 어느 순간 아빠는 꽤나 인기가 있게 되더라구. 이처럼 선생님의 관심과 격려 덕분으로 아빠는 내면의 당당함을 지키고, 누군가를 있는 그대로 인정하고 존중하려고 노력했던 거 같아. 이러한 노력의 결과가 누군가에게는 격려와 희망이 될 수도 있고, 무엇보다 나에게는 세상을 보다 따뜻하고 아름답게 볼 수 있는 사랑의 눈을 가져다주기도 해. 아빠가 친구의 아름답고 풍부한 시적 감성을 볼 수 있게 된 것도 아마 이러한 사랑의 눈이 있었기 때문일 거야.

너무 아빠 생각을 강요하는 것 같아 미안해. 오해는 하지 마. 그냥

하얀 머리를 보면서 떠오른 가벼운 생각이니까. 아빠는 우리 경빈이가 원하면 편안한 마음으로 염색할게. 그리고 만약 경빈이가 친구들의 시선에 영향받지 않고 아빠의 하얀 머리를 있는 그대로 바라봐줄 수 있다면 아빠 눈에는 네가 진짜 사나이처럼 멋있을 것 같아. 아, 이거야말로 경빈이에게 부담 주는 얘기다. 하하하. 그래도 경빈이가 친구들에게 이렇게 말하는 것을 괜히 상상하며 피식 웃어본단다.

"야! 우리 아빠 하얀 머리 멋지지 않아. 멋진 예술가 헤어스타일이야. 난 독특한 우리 아빠 머리 색깔이 너무 좋아."

경빈이가 앞으로 인생이라는 바다를 항해하면서 많은 것을 보고, 듣고 경험하게 될거야. 그럴 때마다 경험하는 것을 있는 그대로 존중해줄래. 겉모습만을 보고 오해하지 말기! 그러다 보면 경험하는 것들에 감춰진 진실과 아름다움을 볼 수 있게 돼. 더 지혜로운 판단을 할 수 있다는 거야. 특히 진실을 본다는 것은 사랑의 눈으로 이해한다는 뜻이기도 해. 사랑의 눈으로 보면 세상을 보다 긍정적으로 보게 되며 그 속에서 너는 더불어 살아가는 삶의 지혜를 배울 수도 있단다.

사랑쟁이 아빠가

P.S. 경빈아. 아빠 선배 형 중에 황정후라는 미술 작가가 있어. 정후 삼촌의 작품을 소개할게. (이번 달에는 중국 베이징에서 개인 전시회도 했단다. 아빠에게는 참 자랑스러운 형이란다. 참, 우리 집에도 정후 삼촌의 작품이 걸려 있는데, 경빈이가 어디에 있는지 맞춰볼래?) 경빈이는 아래 그림을 보면 어떤 느낌이 떠오르니? 서로 다른 과일이 이상하게 결합되어 있지. 삼촌은 무엇을 말하고 싶어하는 걸까?

정우 삼촌 작품.

삼촌은 이 작품을 통해, 사람들이 겉모습이 아니라 속에 담긴 진실을 볼 줄 알아야 한다고 얘기해. (우리는 무엇인가의 겉모습만 보고 쉽게 파프리카로 판단해버린다는 거야. 사실 진실은 오렌지인데 말이야!) 그럴 때 서로를 이해하고 진정한 대화도 가능하다는 것이야. 아빠에게 다가오는 또 다른 의미는 서로 다른 것이 모여 조화를 이루면 참 신기하고 새로운 것이 만들어질 수 있다는 것이야. 파프리카와 오렌지! 서로 다른 것이 조화롭게 섞이니 재미있는 그림이 나오지 않니? 생각이 다른 친구들과 함께 어울릴 때, 더 다양하고 재미있는 놀이가 만들어지는 것과 같아. 수정눈을 가진 경빈아! 너의 맑고 이쁜 수정눈처럼 이 세상에 감쳐진 진실과 아름다움을 발견하고 가꾸어가길 바래! 사랑해!

키다리 아저씨를 닮은 로맨티스트 아빠와 아들이 되어볼까?

오늘 오후에는 시간이 좀 나서, 경빈이에게 읽어줄 책을 사려고 서점에 들렀단다. 경빈이가 볼 만한 책 코너에 가는 도중에 번쩍하며 『키다리 아저씨』가 아빠 눈에 띄더라. 아빠가 어릴 적, 항상 베개 옆에 두고 본 책이란다.(참, 고모는 『빨간 머리 앤』이라는 소설을 무척 좋아했단다. 나중에 고모와 함께 읽으렴!) 『키다리 아저씨』는 진 웹스터가 쓴 소설인데, 어려운 여건 속에서도 웃음을 잃지 않고 씩씩하고 긍

정적인 주디의 성장을 그리고 있단다. 아마도 아빠는 귀여운 주디를 무척 좋아했던 거 같아.

이 소설이 참 재미있는 것은 어여쁜 소녀 주디가 자신의 후원자인 미지의 키다리 아저씨에게 보내는 귀엽고 사랑스러운 말투의 편지 때문이야. 편지를 읽다 보면 어느덧 숙녀로 성장한 주디를 상상하며 그녀의 행복을 기도하게 된단다. 이 소설의 결말은 비밀이야. (주디를 뒤에서 도운 키다리 아저씨는 도대체 누구일까? 그렇게 기다렸던 키다리 아저씨를 본 주디의 첫 반응은 어떨까?) 경빈이가 나중에 읽고 확인해보렴.

아빠가 지금 경빈에게 쓰는 사랑편지도 어쩌면 아빠의 마음 깊은 곳에 있는 멋진 키다리 아저씨를 닮고자 하는 바람이 표현된 거 같아. 경빈아. 아마 때로는 아빠가 경빈이에게 너무나 개인적인 욕심을 낼지도 몰라. 우리 경빈이가 공부를 잘해야 한다든지, 운동을 잘해야 한다든지 그런거 말이야. 그런 욕심이 생길 때면 아빠가 우리 경빈에게는 하얀 머리 키다리 아저씨라는 사실을 다시 한번 마음에 새길게. 그저 묵묵히 경빈이를 믿고 지켜봐주고, 네가 힘들 때 도와줄 수 있는 그런 사랑쟁이 아빠 말이야. (따스한 햇살이 가득한 날, 우리 집 테라스에서 경빈이 손을 잡았더니 아빠와 경빈이의 그림자가 멋지게 펼쳐지더구나. 마치 아빠가 경빈이에게 키다리 아저씨라는 느낌이 들었단다. 그저 묵묵히 있는 그대로 너의 모

2013년 12월 눈이 많이 내리던 날,
경빈이 100일을 축하하며.

습을 바라보고 지켜주는 키다리 아저씨 말이야.)

귀염둥이 경빈아! 아빠가 어른이 되면서 한 가지 확실히 느끼는 것은 '사랑은 더 큰 사랑을 부른다!'는 것이야. 어떻게 설명하면 좋을까? 음, 그건 마치 사랑의 해피 바이러스가 전파되는 것과 같아. 경빈이가 아빠한테 사랑을 받고, 그 사랑을 경빈이가 다른 이에게 전하는 것이야. 아! 맞다! 우리 경빈이가 또 다른 키다리 아저씨가 되어 우리 사회 곳곳에 있는 주디를 돕는 거야. 그럼 행복해진 수많은 주디들이 우리 사회를 더욱 아름답고 빛나게 만들지 않겠니?

경빈아. 아빠가 경빈이에게 재미있는 거 하나 제안할게. 아름다운 눈이 내릴 때는 우리 함께 멋쟁이 눈사람을 만들어 사랑하는 엄마에게 웃음을 선물하자꾸나! 그리고 그날은 아빠와 경빈이가 그동안 함께 모은 눈사람 저금통을 어려운 이웃을 돕는 곳에 드리자꾸나! 정말 재미있고 뿌듯한 겨울놀이가 되겠지? 아빠는 벌써 생각만 해도 기분이 좋아진단다.

경빈아. 우리 멋진 키다리 아저씨를 닮은 로맨티스트 아빠와 아들이 되어 볼까? 왠지 멋있지 않니?

사랑쟁이 아빠가

우리 집 강아지 대박이와의 만남!

경빈아. 오늘 아침에는 일어나자마자 대박이가 유난히 아빠에게 애교를 부리네. 귀여운 대박이 녀석. 대박이가 아빠 배 위에서 숨 쉴 틈 없는 애교를 부리는 모습을 보며 아빠는 오늘도 행복과 긍정의 에너지로 하루를 시작할 수 있단다. 네가 세상에 태어나서 우리 가족이 찍은 사진을 보면 거의 대박이와 함께하는 것 같아. 그만큼 대박이는 우리의 소중한 식구란다.

언젠가 경빈이가 컸을 때, 어릴 적 사진을 보며 아빠에게 이렇게 질문할 거 같아.

"아빠. 이 강아지 이름이 뭐야? 얘는 귀여웠어? 어떻게 우리 집에 왔지?"

지금부터 경빈이에게 우리의 소중한 식구 강아지 대박이를 소개할게. 대박이와 만남은 기적이자 사랑이었단다. 눈을 감고 대박이와 첫 만남을 생각하니 웃음도 나고 눈물도 난단다.

2011년 10월 아빠와 엄마는 결혼을 했어. 엄마는 고향을 떠나 아빠를 따라 낯선 곳에서 새로운 삶을 시작하게 되었단다. 그때 아빠는 늘 일이 많아서 집에 늦게 들어왔어. 엄마는 깊은 외로움을 느끼고 있었

어. 문득문득 엄마가 인터넷 검색하는 것을 볼 때면, 늘 유기견 사이트였어.(유기견이란 사람에게 길러지다 버려진 강아지를 말한단다!) 아빠는 자연스럽게 엄마를 통해, 안타까운 유기견들의 사연과 보이지 않는 곳에서 이들을 보호하는 아름다운 사람들의 이야기를 들을 수 있었단다.

2012년 봄 어느 날, 드디어 엄마가 아빠에게 유기견을 짧은 기간이라도 한 번 보호해보는 것이 어떻겠냐고 물었단다. 한 강아지 사진을 보여주는데 너무나 귀엽게 생겨서 웃음이 났어. 하지만 사실 아빠에게는 무척 무겁게 다가오는 얘기이기도 했어. 외롭고 힘든 엄마에게 '강아지는 좋은 친구가 될 수도 있고, 유기견을 보호하는 것이 우리 삶에 의미도 있다'라는 긍정적 생각이 들기도 했어. 하지만 동시에 수많은 걱정이 다가오기 시작했단다.

'정이 들면 강아지와 헤어질 수 있을까? 성장한 강아지가 아빠 엄마와 쉽게 친해질 수 있을까? 난 한 번도 강아지를 집 안에서 키워본 적이 없는데. 소중한 생명인데 끝까지 책임질 마음의 자세가 준비되어 있나?'

아빠는 이틀간 곰곰이 고민하다가 대박이를 임시보호(잠시 동안 돌봐주는 것을 말하는 거야!)하기로 결정했다고 엄마에게 말했어. 그 순간 엄마의 얼굴에서는 유기견을 꼭 만나고 싶다는 애절한 마음이 드러나더라. 강아지를 너무나 사랑하는 그리고 유기견을 보호하고 싶은 착한 엄마를 위하는 마음으로 다음 날 아침 대박이를 데리러 멀리 인천의 유기견 보호단체로 갔단다.

대박이를 처음 본 순간은 정말 잊혀지지 않는단다. 털이 듬성듬성 빠진 마른 강아지가 너무나 맑고 선한 눈망울로 아빠를 한참 동안 쳐다보는 것이었어. 그리고 마치 아빠에게 말하는 것처럼 힘없이 짖더라구.

'형! 나 형 집에서 너무나 쉬고 싶어. 사실 지금 너무 아프고 힘들어. 마음도 너무 아파. 형이 나 좀 위로해주면 안 돼'

아빠는 대박이를 번쩍 안았단다. 그리고 곧바로 대박이를 집으로 데려왔어. 하루이틀 지내면서 대박이도 조금씩 편안해하는 것 같았어. 엄마가 지극정성으로 돌보면서 대박이의 건강도 좋아졌단다. 대박이와 가까워지면 질수록 대박이가 어떤 아픔과 상처를 받았다는 느낌을

지울 수 없었어. 응아를 다 가리고 차로 이동할 때도 얌전히 있는 착한 대박이가 이불이 움직일 때면, 통제가 안 될 정도로 격한 반응을 보이는 거야. 아빠는 대박이가 과거에 이불과 연관되어 학대를 당했으리라 짐작했어.

그러던 어느 날 밤에 아주 의미있는(?) 사건이 터졌어. 대박이를 정말로 이해하게 된 계기이기도 해. 여느 날처럼, 대박이와 아빠와 엄마가 함께 자고 있을 때, 새벽에 갑자기 엄마의 놀란 소리가 들렸어. 엄마의 눈에는 눈물이 고여 있었어. 대박이가 자다가 이불을 움직인 엄마를 물었던 거야. 깊이 난 상처를 보고, 아빠는 가차 없이 대박이에게 야단쳤고, 다시는 너를 안 보겠다고 그리고 우리 집에서 떠나라고 말했어. (지금도 너무나 너무나 미안하게 생각하는 가슴 아픈 말이었어.)

엄마는 아빠에게 괜찮다고 했지만, 아빠의 생각으로는 대박이의 태도를 볼 때, 나중에 아기(경빈이를 말하는 거야! 그때는 아직 경빈이가 엄마 배 속에 있기 전이란다!)가 태어나면 더 큰 문제가 생길 것 같았어. 특히 몇 달이 지나서도 함께 사는 식구를 문다는 것은 과연 대박이가 앞으로도 우리를 가족으로 받아들일 수 있을지 의문을 갖게 했어. 그럴 거라면 정들기 전에 차라리 지금 돌려보내는 것이 맞다고 생각하게 된거야.

다음 날 퇴근하고 집에 들어오니, 그렇게 아빠 눈을 보기 좋아하는 대박이가 아빠를 보지 못하더라구. 겁먹은 표정을 보니, 어제와 다르게 너무나 가엾어 보이기도 했단다. 엄마 역시 걱정스러운 표정으로 아무 말도 하지 않고 있었어. 나중에 안 사실은 그날 엄마가 대박이를 안고 속상해서 많이 울었다고 해. "대박아. 왜 나를 물어서 형을 화나게 했니?"라면서.

하필이면, 이 사건이 일어난 며칠 후, 엄마는 미국으로 2주 정도 여행을 가게 되었단다. 아빠는 임시보호하는 대박이를 보호소로 돌려보내야겠다는 생각을 굳게 하게 되었어. 그때 엄마가 이런 얘기를 했어. "오빠. 이번 주 일요일 유기견을 위한 세미나가 있는데 가보지 않을래요? 유기견을 위한 좋은 정보를 얻을지도 몰라요. 그리고 정말 돌려보내야 한다면 나를 위해 여행을 다녀와서 결정하는 것으로 해줘요. 부탁이에요."

엄마를 위하는 마음으로 그리고 뭔지 모르는 대박이의 상처가 아프게 느껴지는 아련한 마음 때문에 결국 세미나에 가게 되었어. 세미나 장소에 도착하자마자 아빠는 바로 얼어버렸어. 대박이가 구조되었을 때의 무척 아픈 모습과 사연이 담긴 포스터가 입구에 붙어 있었던 거야. 말로 표현할 수 없는 안타까운 모습이었어. 의사들이 죽는다고 포기한 대박이를 유기견 보호단체 대표님께서 사랑과 헌신으로 기적적으로 살리신 것이었단다. 아빠 눈에서 눈물이 흐르기 시작했어. 마치 운명처럼 대박이를 만나게 된 것 같은 느낌이 들었단다.

'대박이가 살아 있는 것이 기적이구나. 사람에게 상처받은 대박이에게 더는 아픔을 줄 수 없어. 이제는 대박이가 우리에게 하는 모습이 아닌, 건강하게 살아 있는 대박이를 있는 그대로 사랑해야겠구나!'

엄마가 없는 2주 동안, 아빠는 수없이 대박이와 스킨십하면서 사랑스럽게 대화했단다. 대박이는 그동안 하지 않았던 애교를 부리기 시작하면서 훨씬 더 온화해졌단다. 지금은 어떻게 변했을까? 아기 경빈이를 잘 배려해주는 영국 신사 강아지잖아. 또 얼마나 잘생겼는지, 지나가는 사람마다 한마디씩 귀엽게 생겼다고 칭찬을 한단다. 그리고 엄마가 질투할 만큼 아빠와 절친이야. 사람처럼 상대에 대하여 감사하고 사랑으로 대할 때, 유기견 역시 마음을 열고 상처를 치유하게 되는 것을 확인했단다. 참 그때 인천공항에 엄마 마중 나갔을 때, 엄마는 대박이를 보고 무척 놀랐단다. 아빠가 엄마 없는 동안 너무 많이 먹여서 강아지에서 아기 곰으로 변신했거든. 하하하!

엄마가 돌아왔을 때, 아빠는 바로 입양(완전히 우리 집 식구가 되는 것을 말해!)하자고 얘기했어. 그리고 바로 행동에 옮겼단다. 대박이가 완전히 우리 식구가 되고 난 후, 아빠와 엄마는 더 행복해졌단다. 조금은 무뚝뚝한 경상도 여자인 엄마를 대신하여 대박이가 우리 집 애교 마스코트로 해피 바이러스를 뿌리고 있단다. 대박이와 즐거운 일상 속에서 그토록 바랐던 아기(우리 경빈이!)가 생겼단다. 대박이와 함께 전국 곳곳을 즐겁게 여행 다녔어. 그야말로 대박이가 우리 집에 대박을 가져다

준거야!

아빠는 대박이와 함께하면서 유기견 입양은 단순히 강아지를 데려오는 것이 아니라는 사실을 배울 수 있었단다. 유기견의 아픔까지 이해할 수 있어야 해. 그 아픔을 진심으로 이해하고 어루만질 때, 유기견은 가족으로 들어올 수 있는 것이란다. 경빈아! 나중에 경빈이가 컸을 때, 아빠는 경빈이가 유기견을 입양하는 것을 적극 추천한단다. 정말

훌륭한 일이야! 그리고 입양하기 전에 반드시 경빈이가 책임감과 사랑으로 유기견을 있는 그대로 존중하고 받아들일 준비가 되어 있는지를 스스로 질문해보길 바래. 이런 따뜻한 마음이 준비될 때, 유기견은 경빈이의 행복한 식구로 다가올거야.

경빈아! 아빠랑 엄마랑 대박이와 함께 행복한 추억을 많이 많이 만들자꾸나!

사랑쟁이 아빠가

하늘이 준 선물,
대박이 이야기

P.S. 대박이와의 기적 같은 만남은 강아지 잡지책에도 소개되었단다. 많은 사람들로부터 유기견 입양에 대하여 진지한 고민을 하게 된 계기가 되었다는 감사의 이메일을 받았단다. 무엇보다 "대박이와 행복하게 사세요!"라는 축복의 이메일을 가장 많이 받았단다.

사랑바람 아가미소(경빈이를 위한 동시)

부제: 사랑쟁이 경빈이네

아가야 아가야 우리 아가야
웃음꽃 우리 집 창문 사이로 상쾌한 사랑바람이 부네
사랑바람에 미소짓는 아가의 얼굴은 해맑은 천사 같은 포근한 아침햇살

평화로운 아가를 바라보는 아빠의 얼굴에 사랑의 햇살이 쏟아지네
성스러운 아가를 바라보는 엄마의 얼굴에 감동의 햇살이 쏟아지네

햇살이 너무 눈부셔서 아빠 엄마가 눈을 깜빡깜빡
우리 아가도 햇살 담은 아빠 엄마 보며 눈을 깜빡깜빡

하하 호호 모두 눈을 깜빡깜빡이는 우리는 행복한 사랑쟁이 경빈이네

사랑쟁이 아빠가

사랑춤(경빈이를 위한 동시)

부제: 엄마 미소와 함께 춤을

아가를 가슴에 안고 사랑춤을 추네

아빠가 왼쪽으로 돌면 아가는 오른쪽으로 도네
아빠가 오른쪽으로 돌면 아가는 왼쪽으로 도네

왜 그럴까 왜 그럴까 아가를 가만히 지켜 보네
그렇구나 그렇구나 아빠 뒤에 웃는 엄마가 있네

아가는 이쁜 엄마의 미소에 맞추어 춤을 추네
사랑쟁이 가족은 행복한 사랑춤을 추네

사랑쟁이 아빠가

P.S. 1 경빈아! 제주도에 있는 '경빈이 사랑감귤' 나무처럼, 바람의 리듬에 맞추어 춤을 추며, 싱그럽게 무럭무럭 자라자꾸나!

P.S. 2 참. 경빈아. 아빠는 너에게 들려주려고 동시를 쓰다가 결국 시인으로 등단하고, 동시집도 내고, 또 문학상을 타게 되었단다. 모두 다 너 덕분이란다. 고마워.

경빈이 사랑감귤

아빠가 문학상 수상식 때 말한 소감문이란다. 한 번 들어보렴?

사랑쟁이 아빠의 문학상 소감문

저는 지구별에서 한 아이의 아빠가 되면서 완전히 새로운 존재가 되었답니다. 그건 바로 아빠로서만이 느낄 수 있는 멋진 삶을 살게 된 것이지요. 아빠가 되고 나서는 그전에 재미있었던 게 정말 시시해졌답니다.

어느 날 아침 아이의 귀여운 말투와 표정은 저에게 그 어떤 취미와 비교할 수 없는 행복과 기쁨을 주었습니다. 그리고 이 사랑 충만한 아빠의 감정을 우리 아이에게 노랫말로 들려주려고 동시를 쓰게 되었습니다. 정말 동시를 쓰는 아빠로서의 삶은 근사하답니다.

동시 소품집 '로봇청소기'는 지구별의 아름다운 꽃인 세상의 모든 아이들에게 보내는 사랑쟁이 아빠의 작고 귀여운 러브송이랍니다.

참! 이 러브송 중의 몇몇 동시 친구들은 제가 아이에게 보낸 러브레터를 모은 책인 『사랑쟁이 아빠편지』 최초 원고에 있었다가 마지막 출판과정에서 아쉽게 빠졌는데, 이번에 로봇청소기가 강한 힘으로 끌어당겨서 작고 귀여운 동시 소품집의 소꿉친구가 되었답니다.

오늘은 아빠 동시 중에서 문학상을 수상한 「감꽃」을 들려줄게.

감꽃

시골 할머니 앞마당
간밤에 떨어진
노란 별 감꽃 하나, 둘…

폭신폭신 마당 이부자리 속에 잠든
노란 별 감꽃 셋, 넷…

살랑살랑 불어오는 봄바람에
하나 둘 셋 넷 하얀 실에 꿰어서

코코 잠자다 일어나
자박자박 걸어오는

울 아가 별 반지 별 목걸이
예쁘게 만들어줄 거야

지구별에 뿌려진 사랑을 찾아서!

사랑하는 경빈아! 넌 요즘 유모차에 타서 사진 찍는 것을 무척 좋아한단다. 특히나 아빠와 엄마의 모습을 찍은 네 사진을 보면 깜짝깜짝 놀란단다. 그 순간의 아빠와 엄마의 감정이 담긴 얼굴을 고스란히 간직한 멋진 사진들이기에. 가만히 생각하니, 경빈이가 사랑 가득한 시선으로 지구별을 카메라에 담으니 그저 아름다울 수밖에 없다는 생각이 든단다. 두 사진은 여행을 하며, 네가 아빠 품에 안겨서 찍은 엄마 사진 그리고 엄마 품에 안겨서 찍은 아빠 사진이란다. "캬아!"라는 감탄사가 절로 나온단다.

사랑스러운 경빈아! 아빠의 취미는 우리 경빈이처럼 세상의 아름다움을 눈에 담는 것이란다. 정성스레 지은 밥을 맛있게 먹는 너를 보며 행복해하는 예쁜 엄마의 모습, 아기 고양이 분장을 한 경빈이, 눈부신 아침 햇살과 어여쁜 한 떨기 장미, 할아버지와

할머니의 경빈이에 대한 세상에서 가장 따스한 미소, 일요일 늦은 오후 엄마와 경빈이와의 평화로운 커피 한 잔, 사랑스런 연인들의 모습, 뭐가 그리 즐거운지 꺄르르 꺄르르 웃는 어린 학생들의 해맑은 얼굴과 같은 수많은 사랑이 세상에 뿌려져 있단다.

사랑 가득한 경빈아! 넌 나뭇잎 사이로 뭐가 보이니?

아빠는 초록잎과 햇살이 만들어낸 하트가 보인단다. 그것도 아주 많이. (아빠 회사 앞에 있는 나무인데, 아빠는 사랑나무라고 부른단다.)

네가 밝고 따뜻한 마음으로 세상을 아름답게 본다면, 넌 하트를 무척 많이 발견할 수 있을 거란다. (사람들은 ♡하트 모양을 사랑의 상징으로 생각한단다!)

사랑쟁이 경빈아! 어떻게 보면 넌 이 세상에 뿌려진 사랑을 찾기 위해서 지구별의 아빠 엄마에게 온 거란다.

햇살이 따스한 어느 날, 경빈이가 왠지 사랑쟁이 아빠에게 이렇게 질문할 거 같아.

"아빠! 사랑이 뭐야?"

아빠에겐 말이야. 사랑이란 가슴이 따뜻함으로 가득 채워지는 것을 말한단다. 넌 어떨 때 가슴이 따뜻해지니? 아빠는 이유 없이 누군가를 이해하고 아껴줄 때 가슴이 따뜻해져. 그런거 있잖아. 아빠 엄마는 경빈이가 공부 잘해서, 혹은 친구들에게 인기가 많아서 아니라 네가 있는 그대로 고맙고 이쁘고 좋은 거란

다. 경빈이를 생각하면 지금 이 순간 아빠의 가슴은 따뜻함으로 채워지고 얼굴엔 행복한 미소가 흐른단다. 만약 아빠의 가슴속에 욕심이나 거짓말이 있다면 아빠의 가슴은 따뜻함으로 채워질 수 없단다. 가슴이 따뜻할 때만이 아빠의 얼굴은 평화로운 사랑의 미소를 지을 수 있단다!

경빈이는 친구들과 사랑(우정이라고 부른단다!)할 수 있고, 아름다운 여인과 사랑할 수도 있고, 또 모르는 누군가를 사랑할 수도 있어. 너가 사랑할 수 있는 지구별 친구는 곳곳에 너와 함께하고 있을 거야!

아빠는 할아버지의 모르는 누군가에 대한 이유 없는 사랑을 살짝 엿볼 수 있었단다! (할아버지께서는 사랑 넘치는 교육자셨어. 교장 선생님을 은퇴하시고, 바다 석양(낙조라고도 한단다!)이 아름다운 곳에서 할아버지의 로망인 힐링카페를 몇 년간 운영하셨단다! 아빠가 생각하기에는 대한민국 최고의 시니어 바리스타시란다!) 아빠는 할아버지께서 카페에 오신 몸이 불편한 한 분의 풀려진 신발끈을 무릎 굽이시며 정성스레 묶어주고 계신 것을 우연히 보게 되었어. 평화로운 미소로 가득한 할아버지께서는 그분께 넘어지지 않게 신발끈을 잘 묶고 다니시라는 말씀을 건네시더라구.

그 순간 할아버지께서는 아마도 마음이 포근하고 따뜻하셨을 거야. 몸이 불편한 그분에게 어떠한 것도 기대하지 않으시고, 그저 그분에게 친절을 베푸신 거란다. 어찌 보면, 사랑이 넘치는 할아버지께는 그분이 지구별의 소중한 가족이자 친구이기도 한 거란다.

사랑을 먹는 경빈아! 지구별에 사는 우리 모두는 사실 서로 연결되어 있어. 오늘 아침 경빈이가 먹은 밥에는 엄마의 사랑, 벼를 키운 농부의 정성과 기도, 쌀을 배달해주신 택배 아저씨의 수고, 햇님의 햇살 영양분, 여름철의 시원한 소나기 등 수많은 지구별 가족들의 따뜻한 도움이 담겨 있단다. 정말 고맙지 않니?

사랑을 꿈꾸는 경빈아! 사랑쟁이 아빠랑 엄마랑 함께 지구별 가족들과의 소중한 사랑을 찾아보자꾸나. 지구별 여행을 하면서 넌 감사와 배려, 용기와 도전, 긍정과 희망의 행복열매들을 마음껏 맛볼 수 있을 것이란다!

사랑쟁이 아빠가

P.S. 경빈아! 할아버지와 할머니께서는 사랑이 가득한 교육자셨어. 할아버지께서는 사랑쟁이 중학교 교장 선생님이셨고, 할머니께서는 사랑쟁이 유치원 원장님이셨단다. 아빠가 너의 사랑쟁이 아빠가 될 수 있었던 이유는 아마도 할아버지와 할머니에게 사랑을 듬뿍 받았기 때문인 거 같아. 아빠는 무엇보다 친구와 이웃을 배려와 이해로 대할 수 있는 사랑교육도 참 많이 받았단다.

어떻게 하면 경빈이가 즐겁게 토론할 수 있을까?

— 즐거운 토론 레시피

귀염둥이 경빈아! 오늘 아침엔 아빠는 다음 주에 있을 토론을 즐겁게 준비하고 있어.

아빠는 회계사 그리고 경영컨설턴트라는 직업을 가지고 있단다. 그러다 보니 자연스레 아빠는 상대방과 함께 서로의 생각을 나누고, 필요하다면 생각이 다른 상대방을 설득하기 위해 토론해야 할 때가 많단다. 그런데 만약 아빠가 토론을 힘들거나 부담스럽다고 느낀다면, 아빠는 매우 불행한 일을 하고 있잖아. 다행히도 아빠는 그동안의 실수와 어려움 속에서 토론을 힘든 일이 아닌 즐거운 요리로 만드는 방법을 스스로 배웠단다.

아마 경빈이도 곧 친구들을 비롯해 많은 사람들과 경빈이의 생각이나 의견을 전달할 기회가 많아질 거야. 물론 너랑 생각이 다른 상대방의 이야기도 그만큼 많이 들어야 하는 거구. 그럴 때, 지금 아빠의 얘기를 한 번 떠올려주겠니? 아마 훗날 경빈이가 즐겁게 토론하는 데 작은 도움이 될거야. 이름하여 '사랑쟁이 아빠의 즐거운 토론 레시피'야! 하하하!

음. 그렇다면 아빠가 지금부터 '즐거운 토론 레시피'(레시피란 원래 요리법을 말한단다!)를 위한 두 가지 재료를 소개할게. 경빈이가 나중에 더 신선하고 좋은 재료를 발견하면 아빠에게도 얘기해주렴.

첫 번째 재료는 '친구 만들기 마음'이야! 토론을 통해 상대방을 경빈이의 친구로 만든다고 생각하는 거야. 너랑 생각이 다른 상대방을 날카롭게 보는 것이 아니라 부드럽게 바라보는거야. 그렇잖아. 경빈이도 누군가가 친구가 될지도 모른다고 생각하면 조금은 부드럽게 바라볼 거야. 상대를 아름다운 꽃처럼 부드럽게 바라보면 상대방의 이야기를 아주 잘 들을 수 있단다. 상대방 생각에 담긴 훌륭한 점과 잘못된 점을 잘 볼 수 있게 되는 거야. (경빈아. 네가 상대방의 이야기 안에 담긴 잘못된 점을 살짝만 건드려도 상대방은 스스로 자신의 잘못을 인정하고, 너에게 도움을 부

탁하기도 할 거란다!)

부드럽고 열린 마음으로 토론을 하렴! 정말 상대방의 의견이 옳다고 판단된다면 너의 생각을 편안히 바꿀 수도 있고, 잘못되었다고 판단된다면 너의 생각을 상대방에게 보다 현명하게 전달할 수 있을 거란다. '현명하게'라는 것은 상대방이 보다 쉽게 받아들이게 한다는 거야. 그러기 위해서는 상대방을 먼저 이해해야 한단다. '상대방의 입장에서는 그렇게 생각할 수도 있겠구나!'라는 넓은 이해의 마음을 가져야 한단다. 넓은 마음에서 상대방이 쉽게 공감할 수 있는 이야기의 내용과 방법이 쉽게 떠오른단다. 아빠는 상대의 경험에 맞추어 얘기하는 것을 좋아한단다. 음. 예컨데 요리사와 얘기할 때는 요리사가 잘 사용하는 말을 쓰는 거야. (나중에 경빈이가 여자 친구를 만날 때도 마찬가지란다. 경빈이가 좋아하는 선물이나 다른 여자들이 좋아하는 선물이 아니라, 여자 친구가 의미있고 가치있게 생각하는 선물을 주는 게 중요하단다. 미래의 그녀에게는 경빈이가 나뭇잎에 써준 사랑의 시가 비싼 보석보다 더 소중할 수 있는 거란다!)

경빈아! 우리의 생각이 다른 것은 너무나 당연한 거란다. 생각이 다양한 것은 우리 세상의 색깔이 다양하고 아름답다는 것을 의미해. (요리도 다양한 색깔의 재료가 들어갈 때, 훨씬 매력적으로 보인단다!) 많은 사람들은 생각이 다르기 때문이 아니라, 생각이 다른 것을 존중해주지 못하기 때문에 친구가 못되는 거란다. 정말 멋진 사나이는 자신의 생각이 틀렸을 때 시원하게 인정하고 옳게 고치는 거란다.

이런 멋진 사나이 옆에 친구가 많은 것은 당연한 게 아니겠니? 아마 네가 이런 열린 마음을 가진다면 생각이 다른 상대방도 토론을 끝내고 너에게 다가와 친구가 될 거란다.

두 번째 재료는 '진실된 말'이란다! 토론을 하면서 절대 거짓말을 하거나 과장되게 얘기해서는 안 되는 거란다! 네가 진실된 말을 할 때만 상대방에게 진심과 감동을 전할 수 있는 거란다. 진실되게 얘기한다는 것은 경빈이의 있는 그대로의 모습을 잘 보여주는 거란다. 그렇게해야 부담 없이 자연스럽게 너의 생각을 전할 수 있는 거야. 토론을 즐길 수 있게 된다는 거지!

네가 진실된 살아 있는 얘기를 할 때, 상대방도 너의 얘기에 귀 기울이게 된단다. 그리고 너의 의견을 존중하고 진심으로 받아들일 수도

있게 되는 거란다. 또 때로는 서로의 다른 생각이 부드럽게 어우러져 정말 새롭고 훌륭한 생각이 만들어지기도 한단다.

경빈아! 아빠의 경험으로는 서로의 솔직한 마음을 나누다 보면 어느새 서로에 대한 작은 믿음이 싹트기 시작한단다. 그리고 이 작은 믿음이 우정을 만들고, 또 함께 꾸는 큰 꿈을 만들어낸단다.

경빈아! 우정과 꿈이 함께할 수 있는 토론이 꽤 즐거울 거 같지 않니? 아빠랑 언젠가 재미있는 주제로 토론해보자꾸나! 사랑해!

사랑쟁이 아빠가

P.S. 1 경빈아. 아빠는 비즈니스 파트너들과 토론할 때가 많단다. 어떠한 목적을 위해 서로의 이익을 조율해가며, 합의안을 만드는 과정인 협상에서 토론은 반드시 필요하단다. 아빠는 협상을 통해 오랜 기간 서로 신뢰하며, 함께 성공할 수 있는 비즈니스 파트너를 만들려고 노력한단다. 그러기 위해서는 상대방이 진정으로 원하는 것이 무엇인지 잘 듣고 파악해야 하고, 또 진실되게 대화를 나눠야 해. 그럴 때, 생각의 차이로 인한 어려움을 극복할 수 있는 창의적인 아이디어가 나올 수 있단다. 경빈이가 좋은 협상을 해서 비즈니스 파트너들과 즐겁게 계약하고, 악수할 수 있는 일들이 많기를 기원해.

P.S. 2 경빈이가 어른이 되어, 언젠가 비즈니스 협상을 하게 될 때, 진정한 성공협상에 관한 아빠의 철학을 한 번 읽어보면 좋을 거 같단다. 지혜로운 네가 파트너와 모두 함께 행복해질 수 있는 진정한 성공협상을 향해 노력하는 모습이 그려진단다.

사랑쟁이 아빠칼럼

진정한 협상의 기술

협상의 사전적 정의는 '타결 의사를 가진 당사자 사이에 양방향 의사소통을 통해 상호 만족할 만한 수준의 합의에 이르는 과정'을 말한다. 필자는 미국 워싱턴주 공인회계사로서 이런 협상의 정의에 준하는 다양한 글로벌 비즈니스 협상을 경험하고 관찰할 기회를 가졌다.

제3세계 정부와의 협상 초기에 단순히 경쟁력 있는 가격에만 포커스를 맞춘다. 즉 일방의 이익지향적 협상 태도는 협상 파트너에 대한 이해 부족 및 관계 악화로 이어진다. 한쪽만의 승리를 추구하는 제로섬게임(Zero-sum Game)이 되다 보니, 상대방은 비현실적인 가격을 제시하거나, 비공식적인 커미션을 요구하기에 이른다.

그야말로 협상의 방향이 합의가 아닌 갈등이 되는 순간이다. 이에 심각한 위기의식을 느껴 발상을 전환해, 회사와 제3세계 정부 모두의 발전을 꾀한다는 슬로건을 협상장에서 표명하는 순간, 협상의 흐름이 180도 변했다. 상대를 이해하기 위한 공동의 조사로 신뢰를 강화할 수 있었다. 무엇보다 합의를 향한 서로의 강한 신념은 많은 위기와 돌발 변수를 극복하게 하는 주춧돌이 되었다.

그렇다면 사회적 갈등 극복 및 합의가 어려운 우리 사회에서 현재의 협상문화는 어떠한가? 정치·경제·문화 등 우리 사회의 다양한 영역에서 많은 협상 당사자들이 협상의 기본적 개념을 잘못 이해하는 것이 근본적인 문제라고 본다. 즉 한쪽의 일방적인 이익 창출이 협상의 목적이고, 이를 위한 일련의 과정을 협상의 기술로 규정한 잘못된 협상 패러다임 탓이다.

TV 토론 프로그램에서도 패널들이 합의하거나 상대 의견에 긍정하는 것을 보기가 무척 어려운 게 단적인 예이다. 많은 협상 교육 관련 책들에서 상생이라는 협상의 기본개념에 충실한 협상 마인드 함양을 배제하고, 단순히 표면적인 결과물 도출에 치중한 외부 영향력 활용 등의 세부적 협상기술들만 소개하는 것도 문제이다. 이런 접근 방식은 협상을 마치 한쪽의 승리를 위한 도구로 전락시키는 것에 불과한 것이다. 상호의 이익을 추구하는 협상인 통합협상은 협상 과정에서 서로 간에 깊은 믿음을 쌓아 갈등과 위기 요소를 극복할 수 있으며, 이는 장기적인 상생으로 이어질 수 있는 것이다.

협상의 안정성과 효율성 및 효과성을 제고하려면 협상 전에 철저히 준비해 개별협상에 최적화된 합리적 협상 프레임워크를 구축해야 한다. 또한 구축된 프레임워크를 기반으로 다양한 협상기술을 사용해야 할 것이며, 협상 결과 및 수행에 대한 분석·평가를 통해, 지속적인 협상능력을 배양해야 한다.

여기서 명심해야 할 것은 진정한 협상의 기술이란 협상 파트너와 함께 살아갈 수 있는 지혜를 담은 통합협상을 말한다. 즉 상호간 장기적으로 협력할 수 있도록 협상 과정에서 신뢰 구축을 위해 중점적으로 노력해야 하는 것이다.

단편적으로 일방의 이익으로 귀결되게 보이는 협상을 궁극적으로 상호의 이익 추구로 만들기 위해서는, 우리 사회에서 협상 마인드의 전환이 절실히 필요해 보인다. 특히 미래사회의 주축인 청소년들에게 올바른 협상교육을 제공해 우리 사회 구성원과 더불어 행복하게 살아갈 수 있도록 도와주어야 할 것이다.

P.S. 3 경빈아! 아빠가 2022년 올해, 협상책을 출판한단다. 책 이름은 『배기표의 성공협상 다이어리』란다. 아빠가 실제로 외국정부와 협상한 경험과 그 속에서 느꼈던 인사이트를 모아서 책으로 엮었단다. 그리고 이 책의 핵심 메시지는 다음과 같단다.

"협상은 모두가 윈-윈의 마음을 함께 느낄 수 있을 때, 비즈니스를 초월한 성숙하고 미래적인 협력관계가 시작될 수 있을 때, 비로소 성공협상이라고 말할 수 있을 것입니다."

그리고 이 책의 추천사는 초대 문화부 장관을 역임하셨던 이어령 선생님께서 써주셨단다. 한국의 대표적인 지성이시란다. 한번 읽어볼래? 경빈이가 먼 훗날, 본격적인 비즈니스 협상을 할 때, 이어령 선생님의 아래 글을 읽어보면, 너는 지혜의 가르침을 받을 수 있을 거란다.

저는 시골의 돌담을 참 좋아합니다. 하나가 쏙 나왔으면 다른 하나가 쏙 들어가서 서로 맞물리며 튼튼한 구조를 이룹니다. 개성이 있는 그리고 차이가 있는 돌담이 서로 어우러져서 자연스럽고 아름다운 한국의 돌담

이 만들어지는 것입니다. 서로의 자기다움을 인정하면서 서로가 서로의 부족한 점을 채울 때, 진정한 창조적 융합이 이뤄진다고 생각합니다. 어쩌면 협상이야말로 서로 다른 주장을 조화시켜 창조적 가치를 만드는 과정이라고 생각합니다. 배기표 대표가 이 책에서 강조하는 '통합협상'이야말로, 창조적 융합의 커뮤니케이션이라고 생각합니다.

'생명자본주의'라는 개념을 들어보셨는지요? 제가 주창하였지요. 생명이 생산과 창조의 자본이 되고, 감동이 경제력이 되는 자본주의를 뜻합니다. 지금까지 세계경제는 경쟁과 생존의 제로섬게임으로 상징되는 산업자본주의와 금융자본주의가 주도해왔으나 이는 환경오염, 금융과 윤리위기 등의 한계에 직면해 있습니다. 이제 미래를 선도할 새로운 패러다임은 생명의 원리를 바탕으로 인류의 지속 가능한 동반성장과 발전의 디딤돌인 생명자본주의인 것입니다. 생명은 서로 같이 사는 것입니다. 상생하고 공생하고 공존하는 것이지요. 생명자본주의 시대에는 프랑스혁명 때 이미 제시된 프라테르니테(형제애) 이념을 넘어 바이오필리아(생명애)로 가야 합니다. 생명자본이 중시되는 디지로그 시대를 맞이해 우리는 공감과 배려, 소통을 기반으로 상생과 공생으로 나아가야 합니다. 생명체는 물질처럼 정량적인 숫자로 다루기 힘듭니다. '디지로그'는 정량적인 것과 정성적인 것, 즉 양과 질을 결합하는 정신이며, 기술이라고 생각하시면 됩니다. 열 길 물속은 디지털로 잴 수 있지만, 한 길 사람 속은 아날로그적 직관과 감성으로 잴 수밖에 없습니다. 결국 생명자본주의는 물질이나 산업기술이 아닌 생명과 사랑, 행복을 원동력으로 하는 자본주의를 말합니다. 배기표 대표가 주장하는 '협상 콘체르트'의 개념 역시 이성적 접근과 감성적 접근 그리고 창조적 접근이 어울려진 디지로그의 가치가 담겨진 생명자본의 커뮤니케이션인 것입니다.

『배기표의 성공협상 다이어리』에는 협상 파트너에 대한 인간적 존중이 기본적으로 함께하고 있습니다. 이것이야말로 생명애인 것입니다. 배기표 대표가 지속적으로 강조하듯이, 협상 파트너가 진정 원하는 것을 알아내고 존중하며, 서로의 행복을 향한 지혜로운 해결책을 함께 모색하는 통합협상이야말로 어쩌면 한쪽만의 단기적 이익을 취하려는 기존 자본주의 협상기술이 가진 머니게임 프레임의 한계점을 극복하고, 긴 호흡으로 더불어 살아가는 '생명자본주의'라는 진정한 성공 패러다임으로 안내할 것입니다.

이어령

문학평론가 / 초대 문화부 장관

배기표 님과의 만남을 위해서

이어령

경빈이에게 보내는 지구별 첫 꽃선물

— 아빠의 무지개꽃

장난꾸러기 경빈아! 서울에서 무지개를 보기란 참 쉽지 않은 일이란다. 아빠는 거의 10년 만에 무지개를 가까이서 본 거 같아. 너무 멋지고 신기해서 감탄이 나오더라. '빨주노초파남보'의 일곱 가지 색깔이 아빠의 마음을 힐링(마음이 평화로워지는 것을 말한단다!)해주더라구.

문득 아빠는 우리 경빈이가 아빠에게는 '비 온 뒤 화창한 햇살 속의 무지개 같다'는 생각이 들었어. 너의 성장을 보며 신기해하고, 너의 미소를 보며 세상의 가장 큰 평화로움을 느끼기 때문이란다.

너무 고맙고 어여쁜 너에게 아빠는 첫 꽃선물을 해주고 싶었단다. 이름하여 '무지개꽃'을 말이야.

길에 서서 아빠는 단골 꽃집 여자 사장님께 전화했단다.

"사장님. 우리 아가에게 처음으로 꽃을 선물하고 싶은데, 무지개 느낌으로 한 번 만들어주실 수 있을까요? 사장님 솜씨 좀 부탁드려요."

사장님의 당황스러운 대답이 전화기 너머로 흘러나왔단다.

"아. 오늘 연휴 첫날이라 꽃시장이 문을 닫았어요. 가지고 있는 꽃들도 별로 없어요. 장미 조금 정도요. 어쩌죠. 죄송해요."

아빠는 잠깐 고민에 빠졌단다.

'좋아. 장미 한 송이로도 충분해. 잘되었어. 아빠가 멋지게 디자인해 보라는 우주의 계시인 거야.'

"사장님. 장미 한 송이를 투명컵에 넣어주세요. 컵에는 자갈과 물로 채워주시구요. 그리고 작은 메모지를 컵에다 이쁘게 묶어주세요. 참. 메모지에는 '경빈아! 사랑해! ― 무지개와 함께하는 날에 아빠가'라고 적어주시구요. 어떻하죠? 제가 힘든 부탁드려서 죄송해요. 감사하구요."

사장님의 웃음 소리가 들린다.

"흐흐. 알았어요. 아이디어 괜찮은데요. 일단 제가 알아서 만들어볼게요. 장미 색깔은 핑크가 좋을 거 같구요. 컵은 마침 지난 주에 들어온 이쁜 유리컵이 있어요."

경빈아! 전화를 끊으려는 순간 아빠는 갑자기 엄마가 생각났단다. (엄마에게는 비밀!) '우리 부인 거두 선물해야 하는데. 순간 생각 못했다. 어. 핸드폰 밧데리가 거의 없네. 어떻게 하지?'

"사장님. 장미 색깔 다르게 해서 하나 더 만들어주세요. 와이프 거 깜빡…."

말이 끝나기 전에 전화기는 꺼져버렸단다.

저녁에서야 꽃집 사장님이 핸드폰으로 보내주신 사진과 메시지를 확인했단다.

“처음 생각보다 넘 이쁜데요. 덕분에 재미있었는 걸요. 아드님이 좋아했으면 해요.”

짜잔!!!

경빈아. 아빠표 무지개꽃 어때? 이쁘지 않니? (하하하. 너무 아빠가 자랑하는 것 같다. 왠지 나중에 경빈이가 이 편지를 보고 아빠에게 핀잔을 줄 거 같아. “너무 아빠 만족 아니야?”라며.)

우연히 본 무지개와 장미 한 송이가 아빠를 이 세상에서 제일 행복한 사람으로 만들었네.

멋진 남자 경빈아! 언젠가 무지개를 보는 날엔 경빈이만의 무지개

꽃을 사랑하는 연인에게 선물을 해보렴!

그때에도 아빠는 꽃보다 아름다운 엄마에게 아빠표 무지개꽃을 선물할 테니, 넌 너의 연인에게 집중하렴.

사랑쟁이 아빠가

P.S. 경빈이가 처음으로 엄마한테 꽃선물을 하던 날의 사진이란다. 엄마가 첼로 연주를 마치고 나올 때, 경빈이가 엄마에게 달려가 꽃을 안겼단다. 물론 꽃다발은 우리 경빈이가 고른 거구. 엄마의 행복한 얼굴을 다시 보니, 그때의 추억 속으로 다시 여행을 떠나는 기분이야. 사랑 가득한 꽃을 선물한다는 것은 어쩌면 추억을 선물한다는 느낌이 들더구나.

수정눈 가진 경빈이

— 경빈이를 위한 할아버지의 시

참 좋다 눈 감으면
만나고 싶은 사람 다 볼 수 있어
제 살 먹여 새끼 키운 논고디이
네 증조할머니와 수정 눈 가진 우리 경빈이

네 엄마 뱃속에서는
초음파 사진만으로도 기뻤는데
세상 나와 백일 맞으니
눈앞이 꽃밭처럼 환하다

경빈아
기왕 살아갈 세상
사랑하며 살자
너를 위해 기꺼이 논고디 되어줄게

껍데기만 남아도 좋다
수정 눈 우리 경빈이 키우느라
아랫 논 물속으로 떠내려가면서도
행복했다 말할 수 있다

널 위해서라면
고통을 고통으로 생각하지 않고
들꽃냄새 풍기고, 산새소리 들리는
해맑은 노래 들려줄게
날개 단 내 마음 천만리 간다

— 배판범(배경빈 할아버지)

P.S 소중한 경빈이의 100일을 맞이하며, 할아버지께서 보내오신 시란다! 아빠는 할아버지의 손자를 향한 '아낌없이 주는 사랑'에 큰 감동을 받았단다! 오늘밤에는 우리 소중한 가족들을 위해 감사의 기도를 하자꾸나. 기도하는 앙증맞은 너의 두 손 끝에 사랑의 에너지가 흘러넘칠 거란다.

커피를 달콤쌉싸름하게 마시는 아빠의 비법!

경빈이는 언제쯤 커피를 마실 수 있을까?

아빠는 어릴 적, 할아버지가 마시던 커피를 몰래 몰래 조금씩 마셨던 것 같아. 그땐 왜 그렇게 맛있던지.

아마도 어른들이 아이들은 커피를 마시면 좋지 않다고 하셔서 더 호기심이 있었는지 몰라.(커피에 있는 성분 중에는 아이들의 성장에 좋지 않

은 것이 있어서 그렇단다!)

어른이 되어서도 아빠는 커피를 무지무지 좋아해. 커피맛이 좋은 커피숍이 있다는 얘기를 들으면 한번은 꼭 가본단다. 신혼 여행에서도 엄마랑 유럽의 맛있는 커피숍을 계속 찾아다녔단다.

아빠는 왜 이렇게 커피를 좋아하는 걸까? 지금 경빈이에게 편지를 쓰면서 곰곰이 생각해본단다. 아빠가 내린 결론은 커피를 마시면 아빠의 호흡이 부드러워지고 마음이 편해지기 때문이라는 거야.(마음의 힐링을 얻는다고 표현할 수도 있겠다!)

마음이 편안해지면 엄마랑 경빈이에게 더 사랑스러운 말을 할 수 있는 거 같아. 또 아빠 회사 일도 침착하고 신중하게 할 수 있는 거 같아. 마음의 부드러움이 큰 힘을 만들게 되는 거란다.

경빈이는 어른이 되어서 커피 본래의 쓴맛이 가득한 아메리카노를 좋아할지, 아니면 부드러운 우유가 들어간 카페라테를 좋아할지 궁금한걸. 만약 경빈이가 커피의 쓴맛과 부드러운 맛을 동시에 느끼고 싶다면, (아빠는 달콤쌉싸름하다고 표현할게) 아메리카노와 깨끗한 우유아이스크림을 함께 먹어보렴.(아이스크림은 부드러운 소프트 아이스크림이어야 한단다!) 커피를 달콤쌉싸름하게 먹는 아빠의 비법이야.(경빈아! 비법 전수하는데, 뽀뽀는 해줘야 하는 거 아냐? 하하하!)

1. 너무 뜨겁지 않은 아메리카노를 조금씩 천천히 마셔봐.
2. 입 안에 아메리카노가 조금 남았을 때, 한 스푼의 우유아이스크림을 함께 먹는단다.
3. 커피와 아이스크림이 입 안에서 어울릴 때, 눈을 감고 달콤쌉싸름한 맛을 한껏 느끼렴.

(아빠의 비법은 아이스크림 위에 커피를 부어 먹는 '아포가토'라는 것과는 다른 거란다!) 경빈아! 커피맛이 어떠니? 맛있으면 좋겠다.

사실 아빠는 이렇게 먹는 법을 노르웨이 베르겐(피오르드 해안으로 유명한 아름다운 항구도시란다!)의 한 카페에서 배웠단다. 경빈이가 앞으로 달콤쌉사름한 커피를 먹고 싶을 때는 아빠에게 이렇게 외치렴!

"아빠! 노르웨이 베르겐 스타일로 한 잔!"

사랑쟁이 아빠가

Americano........ 5.0
Flat white........ 5.5
Einspanner........ 6.0
Cream latte........ 6.0
Cream mocha........ 6.0
Chocolate latte..... 6.5
Red beans latte..... 7.0

경빈아! 넌 아빠에겐 예술이란다!

경빈아! 넌 아빠에겐 예술이란다!
너의 까르르 웃음 속엔 아빠의 동시가 있단다!
너의 해맑은 미소 속엔 아빠의 그림이 있단다!
너의 아빠빠 옹알이 속엔 아빠의 노래가 있단다!
너의 귀여운 투정 속엔 아빠의 동화가 있단다!
너의 순수한 눈물 속엔 아빠의 수필이 있단다!
아침햇살 같은 경빈아! 넌 아빠에겐 감동이란다!

사랑쟁이 아빠가

아빠가 좋아하는 예술가를 소개할게!

—사랑쟁이 아빠의 예술 감상법

오스트리아 빈의 쿤스트하우스에서.

오늘은 경빈이에게 아빠가 좋아하는 예술가를 소개하려고 해.(예술가란 예술을 하는 사람을 말하는 건데, 아빠가 생각하는 예술이란 아름다움을 다양한 방식으로 표현하는 것이야! 첼리스트 엄마도 세상의 아름다운 것들을 음악의 선율로 표현하는 예술가란다!)

사랑쟁이 아빠가 좋아하는 예술가니깐 왠지 사랑 가득한 사람일 것 같지 않니?

이름은 프리덴슈라이히 훈데르트바서라고 해! 오스트리아 사람이구. 미술가이자 건축가 그리고 환경운동가야.

아빠는 훈데르트바서를 좋아해서 그가 건축한 건물과 그림들을 즐겁게 찾아다녔단다.

아빠가 왜 훈데르트바서를 좋아하냐구?

그건 그가 지구별 가족들과 더불어 살아가려는 착한 마음과 열린 생각을 가졌기 때문이란다!

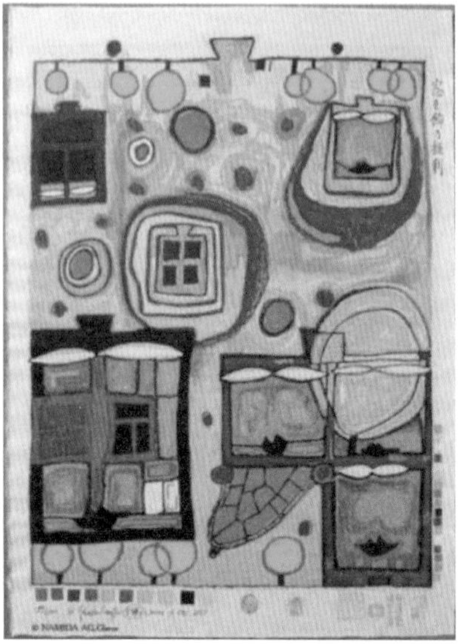

〈창문에 대한 권리〉, 1986. 목판화.
출처: http://www.hundertwasser.com.

경빈이는 훈데르트바서가 말하는 다음의 얘기에서 그의 따뜻하고 자유로운 마음씨를 살짝 엿볼 수 있을 거야.

"혼자 꾸는 꿈은 오로지 꿈에 그치지만 함께 꾸는 꿈은 새로운 현실의 시작입니다!"

"저의 작품은 감상하는 사람이 자신의 독창적 사고로 해석하고 감동받기를 원합니다!"

경빈아! 아빠가 사진 찍은 곳은 훈데르트바서가 건축한 건물이란다. 오스트리아 빈에 있는 쿤스트하우스야. 넌 이 건물을 보면 무엇이

제일 먼저 눈에 띄니?

아빠 눈에는 아기자기하고 빼곡한 창문들이 크게 다가온단다.

훈데르트바서는 〈창문에 대한 권리〉라는 제목의 작품에서 창문의 중요성을 얘기하고 있단다.(그는 이 작품에서 우리가 살고 있는 집이나 건물이라는 공간에서 창문이 가진 소중한 의미를 표현했다고 해!)

아빠에게 다가오는 창문의 의미는 사람들이 서로 마음을 열고 대화하는 행복통로인 거 같아. 사람들이 답답한 건물 속에 혼자 갇혀 있지 말고, 서로 대화하고 친구가 되어 건물에 웃음꽃을 함께 피우면 정말 멋지지 않겠니!(아마 웃음이 넘치는 공간에는 사랑과 추억도 계속 만들어질 거야. 그러면 행복해진 사람들은 그 공간을 더욱 아끼고 가꾸지 않겠니?) 아빠랑 엄마랑 경빈이두 우리 집을 행복과 웃음이 흐르는 창문이 있는 집으로 가꿔 나가자꾸나!

경빈아! 어떤 유명한 예술작품이라도 자유롭게, 그리고 너만의 눈으로 바라보렴. 그럴 때, 작품은 생명력을 가지고 더 많은 의미와 아름다움을 가지게 될 거란다!(아마 예술가도 좋아할 거야!) 아빠가 훈데르트바서의 그림에서 '열린 대화의 소중함'을 느낀 것도 그의 그림이 높은 하늘로 힘찬 날개짓을 하여, 더 많은 햇빛을 받아 아름답고 다양한 색깔을 내게 되는 거란다!

경빈아! 넌 아빠에게 예술이란다! 너의 해맑은 미소 속엔 아빠의 그림이 있잖니!

아빠는 오늘 아침에 너의 미소와 훈데르트바서가 사랑한 도시인 빈을 생각하며, 네가 좋아하는 청포도를 가지고 나름 예술작품(흐흐. 조금은 부끄러워!)을 만들어보았어. 제목은 〈사랑하는 초록 빈〉이란다! 초록은 순수한 경빈이와 지구별 환경을 보호하는 데 앞장선 훈데르트바서를 상징한단다! 빈은 경빈이의 빈이자 오스트리아 빈의 빈(독일어로 WIEN으로 쓴단다!)을 표현한 거란다!

우리 귀염둥이 경빈이는 사랑쟁이 아빠의 〈사랑하는 초록 빈〉을 보고 어떤 느낌이 드니?(유치해도 할 수 없어. 왜냐구? 아빠 작품이니깐. 하하하!)

〈사랑하는 초록 빈〉.

나중에 아빠에게 너만의 감상평을 들려줄래!

사랑해!

사랑쟁이 아빠가

P.S. 1 경빈아! 오늘 오후에 엄마가 너의 작품 사진을 보내왔어. 정말 멋진 걸! 아빠에겐 너의 예술세계는 매일 매일 새롭게 느껴지는구나! 아빠가 지은 너의 작품명은 〈귀염둥이 으라차차!〉.

P.S. 2 경빈아! 너가 조금 커서 읽어볼래. 훈데르트바서에 관한 아빠의 글이란다. 그땐 아빠의 생각을 조금 더 자세히 엿볼 수 있을 거야.

CEO의 명확한 비전이 기업을 살린다

화가이자 건축가, 그리고 환경운동가였던 훈데르트바서의 작품과 철학세계를 엿볼 수 있는 전시회를 다녀왔다. 이번 한국 특별전은 전 세계적으로 열린 훈데르트바서 전시회 중 미술·건축·그래픽·타피스트리까지 모두 볼 수 있는 최초의 전시회라고 한다. 훈데르트바서는 혼자 꾸는 꿈은 오로지 꿈에 그치지만 함께 꾸는 꿈은 새로운 현실의 시작이라는 말을 남기며, 더불어 살아가는 꿈을 꿈꾸었다. 개인적으로 이번 전시회를 대한민국의 최고경영자(CEO)들이 한번쯤 보았으면 싶다. 그 이유는 다음과 같다.

그는 작품을 감상하는 이가 자신의 독창적 사고로 해석하고 감동받기를 원했다. 그래서 하나의 특정 주제 아래에서 제한되는 것을 철저히 피했다. 한 작품을 자유롭게, 그리고 창조적으로 바라볼 때 그 작품이 갖는 사회적 가치는 더욱더 확대될 수 있다는 것이다. 이것이 CEO에게 시사하는 바는 통합적 사고의 중요성이다.

네트워크 시대는 의식과 기술이 융합된 시대이며 개인의 지적 역량이 기술과 결합해 집단지성으로 발현되는 시대이다. 따라서 CEO는 네트워크 구성원 간의 자유로운 참여와 공유, 그리고 개방성을 활성화해야 할 것이다. 그럴 때 구성원들은 조직의 가치창출 활동의 적극적 주체임을 인식하고 통합적 사고를 기반으로 창조적 가치를 지속적으로 창출해낼 것이다. 훈데르트바서의 1986년 작인 〈창문에 대한 권리〉에서 필자는 그가 건축에서 창문의 중요성을 말하는 것이 결국 우리 사회의 창조적 소통을 상징한다고 생각한다. 그리고 이 창조적 소통이야말로 네트워크 시대에 필요한 커넥티브 리더십(Connective Leadership)의 핵심이다.

1986년도 작인 〈꿈꾸는 권리〉에서 그는 꿈은 바로 창조의 필수조건이라고 주장했다. 좋은 세상을 향한 좋은 꿈을 꿀 때 창조적 생각이 용솟음치는 것이다. 우리 기업도 마찬가지이다. CEO가 꿈을 선명하게, 그리고 선하게 꾸는 것이야말로 구성원에게도 올바른 목표의식을 심어주는 데 최고의 방법이다. 명확한 비전은 구성원 삶의 중심을 잡아주고 힘들 때마다 새롭게 일어날 수 있도록 도와주는 든든한 등대이다. 특히 기업에게 꿈은 운명적으로 다가오는 메시지여야 할 것이다. 현대 경영학의 대부인 피터 드러커가 『프로페셔널의 조건』이란 책에서 말했듯이, 운명적으로 다가오는 메시지는 기업에 있어서 세상에서 가장 가치로운 삶의 모습이자, 이 시대에 가장 필요한 일의 모습일 것이다. 그리고 그것은 궁극적으로 사회 구성원과 더불어 살아가는 것일 것이다.

훈데르트바서의 작품을 통해 우리는 아름다운 세상, 그리고 조화로운 세상을 향한 한 예술가의 따뜻한 마음과 창조정신을 배울 수 있다. 대한민국의 CEO들이 선한 꿈을 꾸며 자연을 포함한 기업가치 창출 활동의 구성원인 밸류 네트워크와 더불어 살아갈 때 창조적 가치는 계속 만들어질 것이며 이는 결국 우리 기업의 지속 가능한 성장으로 이어질 것이다.

꿈나라에서 아기 호랑이와 함께 즐겁게 하늘을 날으렴!

행복한 꿈을 먹고 자라는 경빈아! 이 사진 보면 넘 웃기지 않니?

퇴근해서 집에 돌아온 아빠는 네가 깰까 봐 조심스레 방문을 열었단다. 근데 너의 자는 모습을 보자마자 바로 웃음이 빵 터져버렸어. 하마터면 크게 웃어서 널 깨울 뻔했단다. 와우! 이건 마치 영화 〈매트릭스〉에 나온 주인공이 공중으로 날아오르는 포즈잖아!

아마 오늘 밤 꿈나라에서 경빈이는 너의 친한 친구 아기 호랑이랑 함께 하늘을 날고 있지 않을까?(오늘은 꿈나라에 가기 전에 엄마랑 정말 즐겁게 놀았던 거 같아. 그치?) 행복한 잠을 자는 너를 보니 온종일 지구별에 웃음꽃을 뿌리다 지친 천사가 곤히 잠든거 같구나! 넘 사랑스러워!

경빈아! 행복한 잠을 자고 나면 새로운 하루의 아침을 더욱 상쾌하게 시작할 수 있단다! 아침의 상쾌한 에너지는 온종일 너를 미소짓게 할 거야.(아침에 흥얼거렸던 노래가 하루 종일 너의 귓가에 맴도는 것처럼 기분 좋은 노래로 너의 하루를 행복하게 만드렴!)

잠들기 전에 하루를 돌아보고 모든 것에 감사하는 마음을 가지면 너의 마음이 참 평화로워진단다. 좋았던 일도 나빴던 일도 모두 말이야. 비록 지금 나쁜 일처럼 보이는 것도 나중엔 정말 고맙고 좋은 일이 될 수 있단다! 속상하고 힘든 일이나 실패한 일도 그 안에서 소중한 가치를 느끼고 배울 수 있기 때문이야. 멀리 보면 결국은 모든 것이 행복과 성공으로 이어져 있단다.

아빠는 어떤 걱정거리가 있더라도 일단 잘 때는 다 잊어버리려고 노력한단다. '내일이면 어차피 다 잘 해결될 텐데' 하면서 말이야. 푸욱 잘 자고 나면 다음 날 아침에는 어제 걱정이 아무것도 아닐 수 있고, 어려운 문제를 해결할 수 있는 정말 지혜로운 방법이 떠오르기도 한단다.

음. '실패가 멀리 보면 성공이다!' 이 말을 어떻게 설명하면 좋을까? 그래. 예를 들어 경빈이는 지금 초콜릿을 넘 먹고 싶은거야. 엄마가 초콜릿을 많이 못 먹게 하면 경빈이는 속상할 거야. 네가 좋아하는 맛있는 걸 많이 못 먹으니깐, 엄마한테 생떼도 부릴거구. 그런데 나중에 경빈이가 조금 더 커서 초콜릿을 너무 많이 먹으면 이가 썩고 아플 수 있다는 걸 알게 되었을 때는 엄마의 고마운 마음을 알게 될 거란다. (넘 맛난 초콜릿을 못 먹게 한 미운 엄마가 아니라, 너의 하얗고 깨끗한 이를 지켜준 고마운 엄마라는 것을 가슴 깊이 느끼게 되는 거야!)

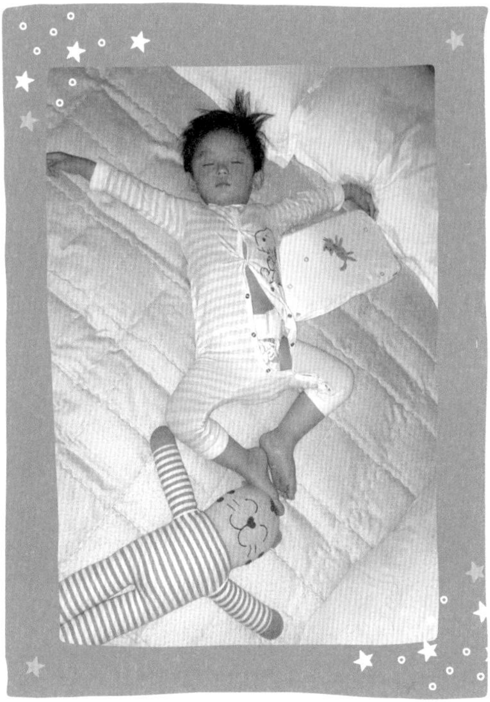

조금 더 네가 이해하기 좋은 설명이 없을까? 아! 아빠 어릴 적 얘기하면 되겠다. 경빈아. 아빠가 초등학생 때, 열심히 그림 연습을 해서 미술대회에 나갔는데 함께 참가했던 아이들이 아빠 그림을 보고 히죽히죽 비웃더라구. 아빠 기억으로는 그림 주제가 그림 그리기 장소였던 공원을 그리는 거였어. 대부분 아이들은 공원의 나무와 꽃를 멋들어지게 그렸던 거 같아. 근데 아빠 눈에는 공원에서 청소하시는 한 할아버지의 모습이 너무 인상깊게 다가왔단다. 마치 나뭇가지들이 할아버지께 고맙다고 인사하는 거 같았어. "할아버지. 나무 주변을 깨끗하게 청소해주셔서 고마워요." 아빠는 나무가 할아버지께 고맙다고 인사하는 모습을 그렸단다. 『오즈의 마법사』에 나오는 살아 있는 나무처럼 말이야.(다른 학생들의 눈에는 아빠 그림이 꽤나 이상했을 거야!) 그날 밤 아빠는 아이들의 비웃음이 계속 떠올랐어. 그리고 무엇보다 아빠는 정말 그림엔 소질이 없다고 생각하고 스스로에게 실망했던 거 같아. 이런 아빠의 모습을 보신 아빠의 엄마(경빈이 할머니!)께서 아빠에게 큰 용기를 주셨단다.

"아들아! 남의 시선은 결코 중요하지 않단다. 다른 사람의 생각이 항상 옳은 것은 아니란다. 그리고 잠시 너를 본 그들이 너의 진정한 능력을 어떻게 알 수 있겠니? 너만 최선을 다했다면 그걸로 이미 훌륭한 거란다. 미술은 누구에게 보이는 것을 그리는 게 아니라 자신의 느낌을 담는 거야. 넌 정말 잘 그렸어. 걱정 말고 편히 자렴."

아빠는 할머니 말씀을 듣고 포근히 잠들었단다. 그다음 날 어떤 일이 생겼을까? 담임 선생님께서 친구들에게 아빠 그림이 정말 개성 넘쳤다고 칭찬해주셨단다. 정말 뜻밖의 칭찬이었어. 아빠 기억으로는 미술대회에서 상장을 받지는 못했어.(미술대회로만 보면 아빤 훌륭하지 못했고, 실패했다고 할 수도 있을 거야.) 하지만 아빠는 미술대회를 통해 아빠가 남과 다른 창의적 생각을 한다는 것을 알게 되었단다. 그리고 성장하면서 스스로 이 점을 발달시키려고 노력했단다. 어른이 된 지금의 아빠는 창의적인 생각으로 아빠 스스로 기쁜 일들을 많이 만들어내고 있단다. 뭐가 있을까? 그래! 어른들을 위한 경영교육인 MBA 프로그램을 창의적으로 응용하여 아이들을 위한 주니어MBA 책도 출판했잖아!(책 제목은 『중고등학생 성공스펙 11가지 전략아이콘: 배기표의 주니어 MBA』, 아이웰콘텐츠) 멀리 보면 미술대회에 입상은 못했지만 그 경험 덕분에 더 많은 것을 얻은 거지. 아빠는 믿는단다. '네가 올바른 마음으로 최선을 다했다면 모든 것이 성공이라는 것을.'

희망을 향해 날아가는 경빈아! 앞으로는 걱정으로 밤새 잠을 뒤척이지는 마렴. 알겠지? 다음 날 어두운 표정으로 기분을 더 이상 우울하게 만들지 말기야. 평화로운 잠을 잘 때, 너의 태양은 새로운 에너지를 만들어낼 수 있단다. 새로운 태양이 멋지게 떠오르는 것처럼 너의 아

침을 눈부시고 환하게 만들자꾸나. 경빈이 네가 새로운 하루의 멋진 주인공인 거야! 다 잘될 거란다! 착하고 귀여운 경빈이를 사랑하는 모든 이가 너를 위해 기도한단다. 그리고 기도의 사랑 에너지가 너를 지켜주고 너에게 용기를 줄 거란다.

미소천사 경빈아! 내일 새로운 아침! 우리 가볍고 자유로운 마음으로 즐거운 모험을 떠나는 거야!

사랑쟁이 아빠가

비 오는 날엔 FM 라디오를 켜보렴!

분위기 있는 남자 경빈아! 오늘은 우리 가족이 영국 런던 여행 중이란다. 아침부터 비가 많이 내리는구나. 비록 길은 꽉 막혔지만 아빠는 빗방울과 불빛이 만드는 이곳의 감미로운 분위기에 흠뻑 빠져버렸단다. 바로 이어폰을 끼며, 음악을 듣기 시작했단다. 너와 엄마 그리고 런

던을 사랑의 눈으로 바라보며.

경빈아! 비 오는 날엔 FM 라디오를 켜보렴. 어디선가 비와 어울리는 멋진 노래가 반드시 나올 거야. 마치 나만의 분위기 있는 콘서트장에 있는 느낌이란다.

오늘 아빠 차의 라디오에 흐르는 노래는 델리스파이스의 〈고백〉이야! 이 노래 참 오랜만에 들어보는구나. 문득 따사롭고 소중한 추억들이 떠올라 아빠는 미소짓게 된단다.

언젠가 경빈이가 비 오는 날 운전할 때, 이 노래를 한 번 들어보렴. '우리 아빤 이런 감성이구나!'를 느낄 수 있을 거야. 물론 너는 강한 사운드의 락이나 힙합을 좋아할 수도 있을 거야. 요즘 너의 흥얼거리는 "아~빠~아" 옹아리 속에서 아빠는 본 조비의 락스피릿을 느낀단다! 하하하!(〔본 조비는 락가수란다. 아빠는 본 조비(Bon Jovi)의 〈It's my life〉라는 곡을 좋아한단다!〕) 아빠 생각엔 비는 아날로그 감성과 잘 어울리는 거 같아.

아빠 어릴 적에는 사람들이 라디오 방송국에 신청곡과 함께 사랑과 우정의 사연을 담은 엽서를 보냈단다. 물론 손으로 편지를 썼지. 비내리는 오늘은 그때의 사람냄새 나는 따뜻한 감성이 그리워지는구나!

오늘 밤에는 라디오 방송국에 소중한 너를 생각하며, 아빠의 감성을 담은 노래 한 곡 신청해봐야겠다.

파이어하우스(Firehouse)의 〈I live my life for you〉(언제가 네가 가사를 해석하고 음미해보렴!)

사랑쟁이 아빠가

P.S. 경빈아! 너에게 이 편지를 쓰고 나서 얼마 지나지 않아서, 드디어 오늘 아빠의 사연과 신청곡이 나왔어. 그리고 너에게 이렇게 생생히 들려줘서 너무 기쁘구나. 〈오늘 아침 정지영입니다〉라는 FM 라디오 방송이었어. 언젠가 너가 다시 들을 수 있게 아빠가 녹음을 해놓았단다. 목소리 멋진 DJ분께서 경빈이 이름을 부르니 오늘 아침 경빈이 이름이 더욱 멋져 보이는걸.

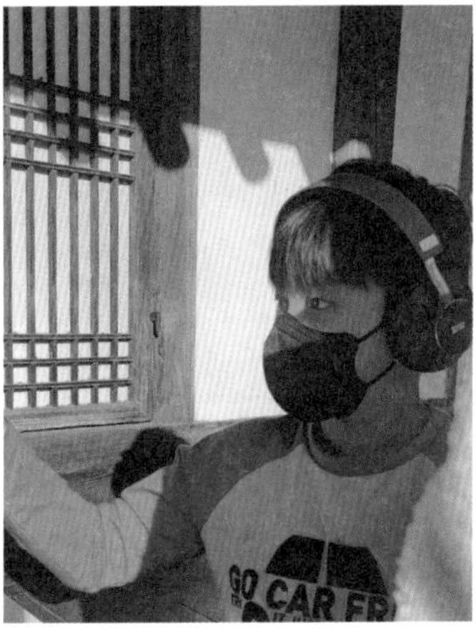

나른한 오후의 하품 같은
편안한 사람이길 바래!

(아빠 우리 경빈이가...)

따뜻한 아침햇살을 듬뿍 간직한 튤립처럼

사랑 가득한 사람이길.

나른한 오후의 편안한 하품처럼
누군가의 마음을 위로해주는 넉넉한 사람이길.

분위기 있는 어느 날 밤의 감동적인 프러포즈처럼
사랑하는 여인을 위해 아름다운 세라나데를 불러주는
로맨티스트이길.

사랑쟁이 아빠가

P.S. 할아버지가 교장 선생님을 마치시고, 교육계를 은퇴하신 날, 엄마랑 할머니가 할아버지를 위해 축하연주를 하시는 모습이란다. 사랑하는 이를 위한 아름다운 세레나데는 언제들어도 감동인 거 같아.

무당개구리를 함께 잡던 친구 녀석들은 뭐할까?

장난꾸러기 경빈아!

아빠는 시골 할아버지 집 앞 작은 웅덩이에서 정말 오랜만에 무당개구리를 보았단다.

문득 어린 시절 친구들과 함께 호들갑을 떨며 무당개구리를 조심스레 만져본 기억이 떠오르는구나!

왜 그렇게도 무당개구리의 붉은색 배가 신기했는지?

왜 그렇게도 무당개구리 피부에 독이 있다는 선생님의 말씀이 무서웠는지?

그 시절, 친구들과 함께 놀던 꼬맹이 아빠를 떠올리니 웃음이 난단다.

아빠도 경빈이처럼 꽤나 장난꾸러기였어!

왠지 오늘은 무당개구리를 보니 친구들이 넘 보고 싶어진단다.

(어쩌면 무당개구리는 아빠에게 추억여행을 보내준 고마운 타임머신인 것 같아.)

코흘리개 그 꼬맹이들은 지금은 누군가의 남편이자 아빠가 되어 있

어릴 적 장난꾸러기 아빠.

겠지?

녀석들, 참 보고 싶다!

경빈아! 어쩌면 우리의 인생은 추억 만들기인지 모르겠구나.

작은 추억의 조각이 하나하나 모여 인생이 조화롭게 가꾸어져 가는 것 같아.

지금 이 순간도 우리는 추억을 만들어가고 있단다.

오랫동안 간직할 수 있는 아름다운 추억을 만들려면 지금을 소중하

게 생각하고 즐겨야 한단다.

지금을 즐길 수 있을 때, 경빈이는 일상의 모든 곳에서 사랑과 기쁨을 발견할 수 있단다!

오늘 아침 아빠가 느낀 사랑과 기쁨을 얘기해볼게.

'경빈이랑 바이킹 놀이를 할 때, 강아지 대박이랑 술래잡기할 때, 엄마의 시금치 반찬이 싫어서 도망가는 경빈이의 귀여운 모습을 볼 때,

생떼 부리는 경빈이에게 속상해하는 엄마의 슬픈 얼굴 그리고 경빈이가 갑자기 등뒤에서 꼬옥 껴안아주자 언제 그랬냐는듯이 활짝 웃는 엄마의 이쁜 얼굴을 볼 때….'

행복추억이 너무나 많아서 아빠가 온종일 얘기해도 끝나지 않겠어. 하하하!

언젠가 우리 경빈이도 아빠와의 추억을 새록새록 떠올릴 때가 있겠지?

그때 경빈이가 피식하며 웃을 수 있게 아빠랑 재미난 추억 많이 만들자구나!

우리 경빈이의 타임머신은 뭘까? 아빤 벌써부터 궁금해지는데.

사랑해! 경빈아!

사랑쟁이 아빠가

LIKE B.E.E.N(빈처럼)!

빵을 좋아하는 경빈아!

아빠의 롤케익 한 번 먹어볼래?

초콜릿소스를 넘 뿌려서 어쩌나? 엄마한테 야단맞으려나? 하하하.

그래두 우리 경빈이 이름도 넣고 해서 재미있잖아. 먹자!!!

오늘 롤케익의 이름은 LIKE B.E.E.N(빈처럼)!

Beautiful (아름다운) 세상의 모든 아름다움을 보렴!

Energetic (열정적인) 네가 좋아하는 일을 즐기고 최선을 다하렴!

Expert (전문가의) 너의 일에서는 전문가가 되어 많은 이웃들을 도와주렴!

Natural (자연스러운) 자연처럼 부드럽고 넉넉한 마음을 가지렴!

아빠는 네가 꿈을 향해 행복한 성장을 하길 기도한단다! B.E.E.N처럼!

참! 우리 롤케익 먹고, 빨리 눈사람 만들러 가자.

얼마 만에 내린 눈이야? 하하하

사랑쟁이 아빠가

Been

초록빛 행복이 가득하길 기도해!

상큼한 행복 비타민 경빈아!

상쾌한 비를 흠뻑 머금은 아침의 초록빛 나뭇잎을 보며 아빠는 삶의 사랑 에너지를 느낀단다!

매일매일 긍정과 감사의 사랑 에너지와 함께한다면 우리의 일상은 늘 초록빛 풍요로움으로 가득할 거야.

오늘도 너에게 초록빛 행복이 넘쳐나길 기도해. 사랑해!

사랑쟁이 아빠가

우주에게 가슴 설레고 따뜻한 꿈의 종을 울리렴!

꿈동산에 사는 경빈아!

꿈을 통해 너는 꽃보다 아름다운 사람이 된단다!

꽃보다 아름다운 사람은 가슴 설레고 따뜻한 꿈을 꾸는 사람이란다!

가슴 설레는 꿈은 너에게 용기와 희망을 준단다!

용기와 희망은 어려움에서도 기회를 찾고 긍정적 변화를 만들게 한단다!

사랑쟁이 경빈아!

많은 사람들을 행복하게 하는 따뜻한 꿈은 너만의 꿈이 아닌 함께 꾸는 꿈이 될 수 있단다!

아빠가 생각하는 따뜻한 꿈은 사랑이 가득한 꿈을 말한단다!

함께 꾸는 사랑의 꿈은 우리 사회에 더불어 살아가는 아름다움이 가득하게 한단다!

꽃보다 아름다운 경빈아!

때로는 너의 가슴 설레고 따뜻한 꿈이 이뤄지지 않을 때가 있단다!

그건 너를 사랑하는 우주가 너에게 더 의미있고 멋진 꿈을 주기 위해서 그러는 거란다!

그러니 실망하지 마렴! 너는 환상적 꿈의 여행길을 아주 잘 가고 있단다!

꿈의 여행길에서 만나는 어떤 어려움과 실패도 결국은 행복한 성공을 위한 한 조각 추억이란다!

한 조각 한 조각 추억의 꽃잎이 모여 넌 눈부신 별빛을 내는 아름다운 꽃이 된단다!

지구별에 온 우주 왕자 경빈아!

매일 아침 우주에게 네 꿈의 종을 울리렴!

생각만 해도 가슴 떨리는 정말 행복한 꿈의 모습을 말하렴!

우주는 소중한 네 꿈의 여행길을 함께할 거란다!

그리고 별빛같이 환하고 순수한 꿈을 함께 꾸고 이룰 친구들을 소개해줄 거란다!

가슴 설레고 따뜻한 꿈을 꾸는 너는 꽃보다 아름다운 사람이란다!

사랑쟁이 아빠가

P.S. 우리 어떤 순간에도 꿈을 잃어버리지 말자꾸나! 아빠는 가끔 아빠의 꿈이 선명하지 않게 느껴질 때면, 이 시를 읽고 꿈에 강렬한 희망의 빛을 투영한단다.

꿈(Dreams)

꿈을 꼭 잡고 있어라.

꿈이 죽어 없어지면

삶은 날개가 부러져

날지 못하는 새

꿈을 꼭 잡아라

꿈이 사라지면

삶은 눈으로 얼어붙은

황량한 들판이 되니까

- 랭스턴 휴스

안단테 안단테 사랑(Andante Andante Love)!

부드러운 남자 경빈아!

음악 악보를 보면 '안단테(Andante)'라는 것을 볼 수 있어. '걸음걸이 빠르기'라는 의미로 느리게 연주하라는 것을 나타낸단다. 강하지 않으면서도 은은하고 부드럽게 연주하는 것을 말하는 거야. 엄마가 연주하는 첼로 악보에서도 자주 볼 수 있단다.

안단테가 가사로 들어간 노래도 있어. 아빠가 좋아하는 노래 중에 1970~80년대에 활동한 아바(ABBA)란 스웨덴 그룹의 〈안단테 안단테(Andante Andante)〉라는 곡이 있단다. 아주 차분하고 편안한 노래야. 아바는 이 노래에서 안단테와 같은 따뜻하고 편안한 사랑을 표현했단다.

아빠는 이 노래를 들으면 마음이 힐링되고 평화로운 미소를 짓게 된단다. 아빠랑 같이 가사를 조금 읽어볼까?

안단테 안단테

- 아바

Take it easy with me, please.
나를 편안하게 해주세요.

Touch me gently like a summer evening breeze.
여름 밤 산들바람처럼 부드럽게 대해주세요.

I'm your music.
나는 당신의 음악입니다.

I'm your music and I am your song.
나는 당신의 음악 그리고 나는 당신의 노래

Take your time, make it slow.
시간을 가지고… 천천히…

Andante, andante
안단테… 안단테…

사랑춤을 추는 경빈아! 어떻게 보면 사랑은 춤을 추는 것과 같단다. 사랑하는 사람과 행복한 춤을 추기 위해서는 여유와 배려가 필요한 것 같아. 서로의 템포를 맞춰가며 부드럽고 편안한 안단테 리듬을 탈 때,

너와 사랑하는 사람은 함께 미소를 지으며 지금 이 순간을 즐길 수 있게 된단다!

천천히 서로의 소중함을 알아가며 배려해가는 부드러운 안단테 사랑은 무척 아름답단다! 뜨겁고 격렬한 사랑은 빨리 식을 수 있단다. 뜨거웠던 이유가 사라지면 사랑이 유지되기 어렵기 때문이란다. 하지만 부드러운 안단테 사랑은 서로를 향한 조각 조각의 사랑 추억을 천천히 만들어간단다. 사랑추억 속에서 서로의 다름을 인정하고, 있는 그대로의 서로를 존중하는 방법을 배우게 된단다. 그리고 서로의 아픔을 어루만져 주기도 하고, 서로에게 용기를 주기도 하면서 서로에 대한 믿음을 키워간단다. 마치 오랜 연습의 경험을 통해 상대를 믿고 자신의 몸을 편안히 맞기는 무용가처럼!

안단테 로맨티스트 경빈아! 안단테 사랑을 하게 될 너는 그 어떤 목

적도 가지지 않은 순수한 마음으로 사랑하는 사람을 이해하고 보다듬을 거야! 그리고 힘든 고난이 다가와도 함께 이겨내고, 사랑을 지켜낼 수 있을 거라 믿어!

'이유없는 있는 그대로의 사랑'인 안단테 사랑이 언제나 너와 함께 하길 기도해.

사랑쟁이 아빠가

잘 넘어지렴 그리고 씩씩하게 일어나렴!

씩씩한 경빈아!

인생이라는 레이스에서 넘어지지 않는 사람은 없단다!
넘어지는 것을 두려워 움츠릴 필요는 없단다!
하지만 잘 넘어질 줄 알아야 한단다!

잘 넘어진다는 것은 넘어지는 것을 당연하게 생각하는 거란다!
그리고 언제 그랬냐는 듯이 씩씩하게 일어나 다시 뛰는 것을 말한단다!
잘 넘어져야 너는 네가 왜 넘어졌는지를 찬찬히 돌아보게 된단다!
경쟁자를 의식해 지나치게 속도를 냈는지, 다른 것에 정신이 팔려 레이스에 집중을 못했는지.
잘 넘어져야 너는 네게 있어 정말 소중한 친구가 누군인지를 알 수 있게 된단다!
네가 어떤 상황에 있어도 있는 그대로 너를 사랑해주는 너의 진정한 친구를….
잘 넘어져야 너는 레이스의 어려움 속에서 그동안 알지 못했던 인생의 소중한 가치를 발견하게 된단다!

사랑이란 서로의 다름을 편안히 인정한다는 것을… 속도보다는 방향이 중요하다는 사실을… 아픔만큼 성숙해진다는 것을….

잘 넘어진다는 것은 결코 실패와 상처가 아닌 행복한 성공의 한 부분이란다!

행복한 성공이란 레이스 결과에 집착하지 않고, 기쁨과 슬픔의 모든 순간을 긍정적으로 받아들이는 것을 말한단다!

늠름한 경빈아!

너는 레이스의 결과보다 그 과정의 가치와 의미를 알기에
훨씬 더 자유롭게 인생의 레이스를 즐길 수 있단다!

소중한 인생의 레이스를 즐기는 너야말로 진정한 승리자란다!

사랑쟁이 아빠가

경빈이가 아빠에게 가르쳐준 지구별의 소중한 것들!

사랑하는 경빈아!

오늘은 아빠가 경빈이에게 정말로 고맙다는 말을 하고 싶구나.

"경빈아! 고마워!"

2013년 9월 11일 지구별에 온 네가 아빠에게 아름다운 지구별의 소중한 것을 매일매일 가르쳐주었기 때문이란다. 때로는 아빠가 그동안 잊고 살았던 감사한 것들이고, 또 때로는 아빠가 알지 못했던 아름다운 것들이야.

경빈이가 아빠에게 가르쳐준 지구별의 소중한 것들을 살짝만 얘기해볼까?

경빈이랑 함께하는 자전거 투어는 언제나 새로운 길이 함께한다는 거.

마트에서 경빈이가 시식하는 빵은 아빠에게도 정말 맛있다는 거.

경빈이와 함께 자는 낮잠은 너무 달콤하다는 거.

엄마와 강아지 대박이와 함께 쬐는 햇살은 따사롭다는 거.

엄마는 경빈이가 웃을 때 같이 웃고 경빈이가 울 때 같이 운는다는 거.

경빈이가 좋아하는 즐거운 동요를 아빠도 어릴 적 좋아했다는 거.

짜장면은 얼굴에 묻혀가며 먹을 때 더 맛있다는 거.

아침에 경빈이와 많이 웃으면 온종일 기분이 좋다는 거.

하나의 음식에도 농부의 정성과 엄마의 사랑 그리고 지구별 가족의 보살핌이 담겨 있다는 거.

아가를 사랑의 눈으로 바라보고 지켜주는 우리의 따뜻한 이웃들과 함께한다는 거.

경빈이와 함께 사진을 찍으며 봄 여름 가을 겨울의 아름다운 변화를 느낄 수 있다는 거.

엄마가 경빈이를 사랑의 눈빛으로 바라보고 있을 때 엄마가 가장 이쁘게 보인다는 거.

아가와 강아지는 서로에게 최고의 친구가 될 수 있다는 거.

경빈이와 엄마를 위한 조용한 기도 속에서 마음의 평화로움을 얻는다는 거.

할아버지와 할머니의 아낌없이 주시는 사랑은 정말 크고 깊다는 거.

세상의 모든 엄마는 위대하고 세상의 모든 아가는 우주의 선물이라는 거.

고마운 경빈아!

오늘 새벽에는 경빈이가 목이 말라 물을 찾았을 때, 냉장고에는 물이 없고 정수기도 자동세척 중이라 물이 나오지 않아서 아빠가 불이나

케 편의점에 다녀왔잖아. 일상 속에 흔한 것이 사라졌을 때, 비로소 그것의 소중함을 느끼는 거 같구나.

어쩌면 스쳐 지나가는 우리의 모든 일상이 보물일지도 모르겠구나. 지구별의 감사하고 아름다운 것들은 늘 너와 함께하고 있단다. 아빠랑 엄마랑 함께 소중한 보물들을 즐겁게 찾아보자꾸나! 그리고 아빠도 지금 이 순간 우리 곁에 있는 사랑과 따뜻함이 묻어 있는 지구별 보물들을 많은 이웃들에게 나눠주는 사랑쟁이 아빠가 되도록 노력할게!

사랑해!

사랑쟁이 아빠가

P.S. 경빈아! 2015년 6월 30일에 아빠는 이 편지를 너에게 쓰고 있단다. 그리고 아빠의 나이는 40살이란다. 그리고 40살을 불혹이라고도 부른단다. 그리고 불혹을 맞이한 아빠에게 지구별이 가르쳐준 소중한 지혜를 신문의 칼럼으로 담아보았단다. 경빈이가 40살이 되었을 때, 한번 읽어보렴.

불혹을 맞이하여 찍은 아빠의 기념사진이란다!
경빈이 40살때는 왠지 아빠랑 많이 닮아 있을 거 같아.

사랑쟁이 아빠칼럼

불혹不惑 그리고
한국 기업의 지속가능성장

『논어』「위정편(爲政篇)」에 보면 공자는 나이 마흔을 불혹(不惑)이라 했다. 세상일에 미혹되지 않고 모든 일에 대하여 시비분변(是非分辨) 할 수 있으며 감정을 적절히 조절할 수 있다는 것이다. 곧 불혹을 맞이하는 필자는 어느 때보다 공자의 이 말이 의미있게 다가온다. 필자에게 체화되는 불혹의 가치는 유혹에 심취된 개인만의 단기적 이익이 아닌 사회 공동체 구성원을 배려하고 장기적으로 함께 이익을 얻을 수 있는 사회적 지속가능발전을 기준으로 인생의 다양한 선택사항을 판단 및 결정하고 책임진다는 것이다. 이 글을 쓰면서 필자는 공자가 말하는 불혹에 걸맞은 성숙한 삶의 자세를 견지하는지 스스로 반성하게 된다.

그렇다면 공공선의 추구로 해석할 수 있는 불혹의 성숙가치는 과연 개인에게만 적용되는 것일까? 우리 대한민국 기업들이 불혹해 기업이 갖는 사회적 존재의 가치를 아는 지천명(知天命)의 성숙기업으로 지속가능한 성장을 하기를 소망한다. 그리고 이를 위해서 가장 효율적이고 효과적인 방법은 경영자들이 불혹의 가치를 추구하는 경영의사결정을 하는 것이다.

기업가치 창출활동의 근간인 밸류 네트워크, 즉 공급업체, 기업 내부 구성원, 하청업체, 소비자들 간의 장기적 상호 이익을 항상 존중하는 것이다. 수많은 기업의 흥망성쇠가 보여주는 교훈은 사적 이익추구가 목적인 기업이 공공선을 추구할 때 역설적으로 오랫동안 번영한다는 것이다. 최근 《파이낸셜 타임스》에서 착한 기업과 높은 수익률의 깊은 상관관계를 파악하고, 투자자들이 앞으로 친환경성, 기업지배구조, 사회공헌 등 공공선적 가치창출활동을 적극적으로 평가해, 착한 기업에 투자하라는 것은 우리에게 시사하는 바가 크다. 그야말로 착함이야말로 최고의 경영전략인 것이다.

이번 네팔 대지진의 아픔 속에서 전 세계 시가총액 1위 기업인 애플이 그들의 밸류 네트워크인 아이튠스 사용자들이 구호민들을 보다 적극적으로 도울 수 있게 적십자사 기부금을 낼 수 있는 특별 페이지를 개설한 것은 착함의 경영전략과 같은 맥락인 것이다. 애플의 내부 구성원과 소비자들은 착한 나눔을 베푸는 애플에 대한 로열티는 올라갈 것이며, 동시에 미래의 잠재고객인 네팔의 국민도 애플에 대한 긍정적 첫 인상을 갖게 되는 것이다.

그렇다면 우리 기업은 어떤가? 외국인 애널니스트가 최근에 했던 얘기를 소개한다. 올해 우리 사회의 큰 이슈였던 한 대기업 오너 일가의 경영인이 기업내부 구성원에게 보여준 감정적 미성숙과 그들에 대한 파트너로서의 배려 수준은 가히 충격적이며, 이런 기업을 사랑해줄 내부 구성원과 소비자들이 얼마나 남아 있겠느냐는 것이다. 한국 기업의 경영자들은 반드시 명심해야 할 것이다. 장자가 말한 목계지덕(木鷄之德)처럼 자신의 탐닉과 감정을 조절해야 하는 것이다. 이는 결국 자신의 광채를 누그러뜨리고, 이 풍진 세상의 눈높이와 함께하라는 노자의 화광동진(和光同塵)의 핵심가치를 실천하는 것이다. 이처럼 불혹할 때 기업은 밸류 네트워크로부터 사랑받고 지속적으로 번영할 수 있다.

워렌 버핏과 빌 게이츠가 최고의 경영서적으로 추천해 더욱 유명해진 존 브룩스의 『경영의 모험』이라는 책에서는 "기업의 이익이 먼저인 것인지, 아니면 고객이 먼저인 것인지"에 대한 질문의 답변을 다음과 같이 하고 있다. "선량한 고객을 구하라!" 결국 불혹의 기업만이 경영 모험에서 승자가 될 수 있다는 것이다.

휴식이란 자연 속에서
네 가슴의 목소리를 듣는 거란다!

휴식이란 자연 속에서 내 가슴의 목소리를 듣는 거란다!

평화로운 마음을 가진 경빈아!

휴식은 참 중요하단다.

쉰다는 것은 지쳐 있는 너를 위로하고, 새로운 출발을 할 수 있게 사랑의 에너지를 모으는 거란다.

힘든 상황에서는 가슴이 화남과 질투 같은 미움의 에너지로 가득차기 싫단다.

미움의 에너지를 사랑의 에너지로 바꾸려면 내 가슴의 진정한 목소리를 들어야 한단다.

차분하고 편안한 환경에서 내 가슴속에 있는 진실한 목소리에 귀 기울여보렴.

누군가는 진실한 목소리를 듣는 것을 '절실한 기도'라고 하기도 하고, 또 누군가는 '깊은 명상'이라 하기도 한단다.

중요한 것은 내면의 평화로움을 찾아가며, 네 가슴속 깊이 숨어 있는 순수한 사랑을 만나는 노력이란다.

진실한 목소리는 너의 아픔을 포근함으로 어루만져준단다.

진실한 목소리는 너를 아프게 한 사람을 용서하게 한단다.

진실한 목소리는 지금의 어려움을 너의 발전을 위한 소중한 행운의 기회라고 느끼게 한단다.

진실한 목소리는 네가 자신의 잘못된 선택에 대하여 스스로 책임을 지고, 진심으로 반성하게 도와준단다.

진실한 목소리는 신기하게도 너에게 어려움을 헤쳐나갈 용기와 지혜를 준단다.

아빠는 자연 속에서 휴식을 가질 때 지혜로운 가슴의 소리를 좀 더 편안하게 들을 수 있는 거 같아.

마치 엄마의 따뜻한 품안에서 힘든 거에 대해 투정도 부리고 앞으로의 일에 대한 용기를 얻는 거처럼.

언젠가 네 마음이 아프고 힘들 때면 그리고 사랑이 필요할 때면 자연 속에서 네 가슴의 목소리에 귀기울여보렴.

초록빛 가득한 작은 공원을 걸어보렴. 시원한 푸른 바닷가의 상쾌한 바다 냄새를 맡아보렴. 우리 집 창가에서 따사로운 햇살을 쬐보렴.

아주 평화롭고 그리고 아주 자유롭게 말이야.

평화로운 자연은 너의 가슴이 따뜻함과 사랑으로 다시 가득 채워지게 도와줄 거야.

자유로운 마음을 가진 경빈아!

이 세상이 너를 멀리하면 너는 고독한 사람이 된단다. 하지만 네가 자연에서 가슴의 목소리를 고요히 듣기 위해 세상을 잠시 멀리하면 너는 자유로운 사람이 된단다.

자유로운 사람은 미소와 유머가 흐르는 사람이란다.

미소와 유머는 너를 생기발랄하게 만들어줄 거야.

평화로운 휴식을 즐기며 지혜로운 가슴이 안내하는 길에서 네가 세상의 자유로움을 마음껏 누리길 아빠는 기도한단다!

사랑쟁이 아빠가

P.S. 경빈아. 너만의 힐링뮤직 플레이리스트를 만들어보렴. 아빠에게는 음악이 휴식 같은 친구란다. 특히, 초록빛 잔디밭에서 열리는 뮤직 페스티발은 정말 멋진 힐링의 순간인 거 같아.

그리고 아빠는 자연에서 독서를 하며 마음의 힐링을 얻는단다. 책의 한 구절에서 받은 위로와 지혜를 잠시 나뭇잎을 보며 아빠 가슴에 새긴단다.

호흡은 편안해지며, 평화로운 마음 속에서 새롭고 착한 생각들이 마구 떠오르게 된단다. 책을 보며, 그리고 자연을 느끼며. 그야말로 "마음에는 평화 그리고 얼굴에는 미소."

안전한 놀이터 그리고 세상 모든 아빠의 마음!

나른한 오후 햇살을 받으며 놀이터에서 놀고 있는 경빈이를 보면 아빠는 절로 미소가 지어진단다.

오늘은 경빈이가 외롭지 않게 놀이터에 온 유치원 형아 누나들이 꺄르르 웃으며 재미있게 모래놀이를 하고 있구나.

그런데 아빠의 시선이 자꾸 너랑 유치원 아이들의 노는 모습에서 그네와 미끄럼틀로 옮겨진단다.

나사가 잘 조여 있는지. 모래는 깨끗한지. 페이트칠이 벗겨져 녹슬거나 날카로운 부분은 없는지.

아빠는 경빈이가 지구별에 온 이후로는 늘 놀이터를 유심히 보게 된단다. 경빈이와 그리고 아이들이 함께 어울려 노는 행복공간인 놀이터는 어느 공간보다 안전해야 한단다. 안전한 놀이터에서 지구별 천사들은 우정을 만들 수 있고, 상상력을 키울 수 있기 때문이란다.

얼마 전, 아빠는 길을 가다가 한 놀이터의 그네줄이 삐딱하게 매달려 있는 걸 보게 되었단다. 자세히 보니 한쪽 나사가 헐렁하게 풀어져 있고, 그네줄도 매우 낡았더라구. 미끄럼틀은 끝이 날카로워 보이더라

구. 이걸 보니 아빠 얼굴에는 금방 근심이 가득차더구나.

'에구. 나사가 더 풀리면 그네 타는 아이들이 위험할 텐데. 이걸 어쩌지. 빨리 놀이터 관리하는 곳을 확인해서 연락해야겠다.'

아빠는 놀이터 관리하는 곳에 전화했단다.

"놀이터 관리하는 곳 맞죠? 그네가 매우 위험해 보입니다. 빨리 오셔서 나사를 단단히 고정해주셔야 할 거 같아요. 그리고 그네줄도 교체해야 할 것 같습니다. 조금 큰 아이가 타면 그네끈이 빠질 수 있어요. 아. 그리고 미끄럼틀 끝도 너무 날카로워서 아이들이 다칠 수 있을 거 같습니다. 바로 처리해주셔야 합니다. 처리해주시고 저에게 확인사진 보내주시면 감사하겠습니다."

경빈아. 세상의 모든 아빠들은 사랑하는 우리 아이들이 안전하게 놀 수 있는 공간을 만들어주고, 지켜주고 싶어 한단다. 지구별 천사들이 마음껏 뛰어놀 수 있는 안전한 놀이터를 만들기 위한 사회적 노력에 아빠도 작은 지혜를 계속해서 보탤게.

이번주 토요일에는 아빠랑 함께 놀이터에서 즐겁게 놀자꾸나!

사랑쟁이 아빠가

P.S. 아래는 아빠가 쓴 신문칼럼들이란다. 이 글들은 나중에 경빈이가 중고등학생이 되었을 때 읽으면 좋을 거 같아. 그때라면 우리 경빈이는 충분히 이해할 거야. 중요한 것은 너로 인해, 아빠가 지구별 아이들을 둘러싼 환경의 안전에 관심을 가지고 적극적으로 행동하는 사랑쟁이 아빠가 되었다는 거란다. 고마워.

처음 글은 놀이터 안전에 대한 아빠의 생각을 담았단다. 그리고 두 번째 글은 하나의 작은 인연이 되어 유치원 안전을 위해 아빠가 실제로 행동으로 노력한 것을 정리한 글이란다.(아빠 사진을 보니, 사랑쟁이 아빠로서 참 진지하게 그리고 책임감을 가지고 유치원 안전평가를 했던 기억이 떠오른단다.) 언젠가 경빈이가 사랑하는 아이의 아빠가 되었을 때, 한 번 읽어보면 좋을 거 같아. 그리고 경빈이도 우리의 놀이터와 유치원이 안전할 수 있도록 너의 지혜를 보태면 좋을 거 같구나.

사랑쟁이 아빠칼럼

우리의 놀이터는 안전한가

최근 필자는 전 세계 아이들이 사랑하는 애니메이션인 〈겨울왕국〉의 배경이자 피오르드 해안으로 유명한 친환경 도시인 노르웨이 베르겐을 방문하였다. 2015년 4월 유엔에서 발표한 「세계행복 보고서」에서 세계 최상위 국민행복 국가로 평가한 노르웨이에서도 가장 아름답고 평화로운 도시인 베르겐을 가까이서 관찰하게 된 것이다.

필자가 체류하는 동안 가장 인상 깊었던 점은 아이들의 놀이터였다. 아름다운 도시풍경에 어울리는 다채로운 색깔의 놀이터에는 많은 아이들이 즐겁게 뛰어놀고 있었다. 곧이어 필자의 시선을 잡은 것은 거의 모든 놀이터에 붙여진 안전인증마크와 놀이터 시설과 아이들의 행동를 지속적으로 모니터링하는 전문관리원들이었다. 관리원의 동의를 얻고 그들의 안전관리 점검표를 보고, 필자는 다시 한번 놀라지 않을 수 없었다. 대한민국에서는 대기업의 체계적 리스크 매니지먼트(위험관리경영) 정도의 수준이었던 것이었다. 그 순간 우리 사회에서 빈번이 발생하는 놀이터 안전사고를 떠올리니, 노르웨이의 놀이터들에는 이렇게 세심한 안전규정이 있고, 그것을 철저히 적용해 관리하고 있다는 점이 솔직히 부러워지는 상황이었다.

그들의 안전인증마크 기준에 부합하기 위한 점검요소를 살펴보자. 미끄럼틀, 그네등 대표적 놀이기구의 제조과정에서의 점검사항들은 표면처리 친환경 재료 사용유무, 아동 연령별 놀이기구의 적정활동 속도 및 각도 디자인 등이 있다. 유지보수 과정에서는 볼트와 너트의 조임 현황, 놀이터 모래의 위생 수준, 전문 관리감독자의 점검기간 등의 점검사항들이 있다. 체크 리스트에 표시된 점검항목이 330개에 달하였다. 베르겐 현지의 교육학 교수의 얘기로는 이러한 꼼꼼한 안전점검 놀이터는 아이들의 엄격한 안전의식 함양으로 이어져, 성인이 되어서도 그들은 사회적 안전망 구축과 준수에 최선을 다한다고 강조하였다.

노르웨이 놀이터 관리원이 가지고 있는 점검표에는 별도로 놀이터 위험대응 매뉴얼이 포함되어 있었다. 그들은 과거 놀이터의 모든 위험사례를 데이터화 및 분석하여, 놀이터 위험사례를 예측 가능한 위험과 예측 불가능한 위험으로 나누어 모니터링하는 것이었다. 이를 통해 위험요소를 식별하고 평가하여, 아이들이 다쳤을 경우, 상황별 응급조치 방법과 인근 전문병원 긴급연락처 및 예측 이동시간까지 적혀 있었다.

안전한 놀이터에서는 아이들이 마음 편히 자유롭게 뛰어놀 수 있으므로, 놀이터가 아이들의 신체적 성장과 정서적 교류와 발달에 도움이 되는 것은 너무나 당연할 것이다. 노르웨이의 행복문화가 만들어지는 사회 시스템을 이 작은 놀이터에서 확인할 수 있었다.

한국에 돌아와 한 대형 아파트의 놀이터를 보게 되었다. 그네 한쪽의 볼트가 느슨해져 균형이 무너져 있었고, 미끄럼틀의 끝은 마모가 되어 날카로워 보였다. 당연히 부모들이 이런 놀이터에는 아이들을 보내지 않겠구나라는 생각이 들었다. 우리 사회를 아프게 했던 대형 안전사고 역시 이 작은 놀이터의 허술함 같은 데서 시작되었다는 안타까움을 느끼는 순간이었다. 기둥과 그네 사이의 연결고리가 기준 이상 벌어져 아이들의 손가락이 들어가면 자칫 다칠 수 있다며, 긴급하게 보수하던 노르웨이 놀이터 관리원들의 책임감 있는 모습이 오버랩되지 않을 수 없었다.

우리의 놀이터는 과연 안전한 것인가? 놀이터는 사회적 리스크 매니지먼트의 디딤돌이다. 이 작은 놀이터의 안전에서 우리 사회의 확고한 안전의식과 안전관리 시스템이 시작되는 것이다. 우리 대한민국의 사랑스러운 아이들이 행복하게 성장할 수 있도록 안전한 놀이터를 만들어주는 것이 우리 기성세대의 기본적 의무임을 잊지 말아야 할 것이다!

사랑쟁이 아빠칼럼

유치원 통합안전관리 시스템을 구축하라

유치원 안전사고가 계속 일어나고 있다. 통학차량 사고를 비롯해 원내 폭력사건에 이어 최근에는 건물이 통째로 무너지는 사고도 일어났다. 하지만 언제나 그렇듯이 자연스레 잊혀질 것이고, 이러한 사건이 발생할 때마다 우리는 분노할 것이다.

필자는 하나의 추억과 인연에서 시작해 최근 한국유치원총연합회 서울지회와 함께 '서울시 300개 사립유치원 대상 맘(mom)편한 안심유치원 평가인증'을 마쳤다. 몇 해전 아이가 유치원에서 작은 사고를 경험하고 그저 지나칠 수 없었다. 신체적 · 정신적으로 가장 취약한 시기에 있는 우리 모두의 아이들에게 언제든 생길 수 있다는 생각에 그저 바라만 볼 수 없었기 때문이었다. 이를 계기로 여러 유치원 현장을 다녀보고 관련 법규를 조사하고 교육행정 전문가를 만나고, EU 등 해외 규정을 스터디하면서 유치원 안전에 대한 프레임워크를 준비하게 됐다.

여기서 한 아이의 아빠로서 진행한 서울시 사립유치원 안전평가 경험을 바탕으로 유치원 안전에 관한 새로운 패러다임을 제시하고자 한다. 새로운 패러다임은 바로 유치원 통합안전관리 시스템의 구축이다. 한마디로 말해 유치원 안전을 위한 학부모, 교육 행정가, 소방 관계자, 아동보건 전문가, 건축사, 환경 전문가, 일선 유치원 교육자들이 참여하는 집단지성 ERP 플랫폼인 것이다. 다양한 유치원 안전관리 매뉴얼과 데이터를 온라인 플랫폼으로 공동으로 구축 및 승인하고, 이를 스마트폰 앱으로 쉽게 활용하자는 것이다. 이 플랫폼의 핵심은 유치원과 교육청 그리고 학부모 사이에 우리 아이들의 안전에 관한 적극적이고 실제적인 커뮤니케이션 채널의 수립을 의미한다.

유치원 통합안전관리 시스템은 형식적인 것이 아닌 실제적인 매뉴얼이 포함돼야 하며, 우리 아이를 둘러싼 모든 관계자들이 함께 내용을 공유하고 점검할 수 있는 체계여야 한다. 예를 들어 현재 유치원들이 의무적으로 제출하는 서면상의 학교안전계획 매뉴얼은 개별 유치원의 구조적 특성를 반영하지 못하게 정형화된 형식으로 가이드하고 있는 것이 문제다. 특히 이 과정에는 유아교육의 선진국인 EU 국가들처럼 학부모 운영위원회의 적극적인 참여와 실질적인 안전모니터링이 매뉴얼에 포함돼 있지 않다. 또 유치원의 경우 노유자 시설로 소방법의 사각지대에 놓여 있는 것이 현실이다. 현재 소형 면적의 유치원의 경우 소방시설 작동기능검사와 같은 현장점검이 사실상 제외되다 보니 자연스레 유치원에는 안전 불감증이 팽배하게 되는 것이다. 소방시설법 개정과 같은 현실적 벽을 하염없이 기다리는 것보다, 다양한 소방전문가들의 실제적인 조언을 바탕으로 통합안전관리의 소방시설 관리 부분 매뉴얼을 체계적이고 세부적으로 구비하여 안전관리에 대비해야 한다.

현재 유치원 안전점검 및 관리는 실질적인 것이 아닌 서류 중심인 것이 가장 큰 문제이다. 최근 붕괴된 유치원의 경우에도 관계자들이 단 한번도 제대로 된 현장점검을 하지 않았다는 추론이 가능하다. 세밀한 방문점검 및 소방서 등 유관기관과의 협력을 실제적으로 할 수 있는 예산과 전문인력은 매우 부족한 것이 현실이다. 아주 단적인 예로, 필자가 평가한 적지 않은 수의 유치원들은 유리 장식장들이 좁은 복도 대피로에 놓여 있다. 만약 화재와 같은 긴급사항이라면 비상대피로 미확보로 2차 사고가 충분히 예상되는 환경인 것이다. 해당 시설장들의 안전 불감증도 문제이지만, 지난 20년간 단 한번도 교육 및 소방 관계자로부터 공식적인 지적을 받지 않았는데 어떻게 자신들이 알겠느냐가 대부분 답변이라는 사실이 안타까울 뿐이다. 만약 유치원 통합안전관리 시스템이 구축되어 있었다면, 필수 등재사진인 대피로 사진을 보고 지역 유치원 담당 공무원들이 소방 전문가들의 유권 해석을 받은 후 온라인상으로 조치를 취하고 필요시 현장방문을 할 수도 있었을 것이다.

결국 이 시스템이야말로 유치원 안전평가 인증 및 교육청 등 관계 공무원의 업무평가의 가장 효과적인 수단이 될 것이다. 또한 정책당국의 의지만 있으면 유치원 차량 등하원 확인 및 투약의뢰 관리, 급식자재 유통기한 확인, 어린이 활동공간 안전관리 점검 등의 기능이 시스템에 효과적으로 첨가될 수 있는 것이다.

한 아이를 키우기 위해서는 한 마을이 필요하다는 격언이 있다. 지금의 시대에는 한 국가가 필요할 것이다. 유치원 통합안전관리 시스템을 통해 우리 모두가 미래세대의 주역인 아이들을 지켜주기를 소망한다. 마지막으로 어려운 여건 속에서도 소명의식을 가지고 열심히 뛰고 있는 일선의 유치원 원장과 교사들에게 우리 아이들의 안전보호야말로 최고의 교육이라는 메시지를 전하고 싶다.

아빠가 생각하는 최고의 브런치 레시피는 카야잼과 사랑이란다!

브런치를 좋아하는 경빈아!

요즘 네가 엄마표 브런치를 너무 맛있게 먹는 걸보니, 아빠 배가 다 부르구나.

오늘은 너에게 아빠가 생각하는 최고의 브런치 레시피를 소개할게.

그건 바로 '카야잼'이란다!

카야잼은 싱가폴의 대표요리 재료로 계란과 코코넛밀크 그리고 재스민과 바닐라 향이 함께 나는 판단잎으로 만든 잼이란다.

카야잼과 함께 브런치를 만들어보렴.

그 맛은 아마 예술일 걸.

마치 열대기후의 달콤한 향기가 빵에 스며들었다고나 할까.

아빠가 한 문장의 글로는 이 예술적인 맛을 다 담아내지 못하겠구나. 하하하

그리고 중요한 재료 하나가 더 있어.

그건 바로 '사랑'이란다!

너의 브런치를 맛있게 먹는 사랑하는 사람의 모습을 상상하고 요리해보렴. 사랑과 정성은 최고의 행복요리 소스란다. 사랑과 정성이 담긴 요리는 사랑하는 사람에게 추억과 감동을 선물한단다.

아빠는 군대에 있다 첫 휴가를 나왔을 때 할머니가 요리해주신 된장맛을 잊지 못한단다.

아빠가 엄마와의 결혼을 위해 외할아버지와 외할머니께 첫 인사를 드릴 때, 외할머니께서 아빠 입에 한가득 넣어주신 두꺼운 고기쌈을 잊지 못한단다.

늦음 밤 퇴근한 아빠를 위해, 육아에 지친 엄마가 꾸벅꾸벅 졸며 구워준 군만두를 잊지 못한단다.

지금 너에게 편지를 쓰는 이 순간, 괜시리 아빠의 눈시울이 뜨거워지는구나.

경빈이가 어느 날 문득, 오늘의 아빠 편지를 읽게 되면
사랑하는 사람들에게 '카야잼 사랑 추억 브런치'를 요리해주면 어떨까?

사랑쟁이 아빠가

P.S. 경빈아. 어젯밤 아빠가 퇴근하고 집에 들어오니, 엄마가 두꺼운 요리책에 밑줄을 그어가며 네가 먹을 반찬을 준비하고 있더구나. 어쩌면 너는 매일매일 엄마의 사랑과 정성이 담긴 음식을 먹고 있는 거란다. 매일매일 경빈이와 아빠는 엄마로부터 추억과 감동을 선물받고 있는 거야.

올해 엄마 생일에는 아빠와 경빈이가 함께 사랑빵을 만들어보면 어떨까? 맛은 장담할 수 없겠지만, 고마운 엄마를 위해 우리 행복요리 감사 소시지를 듬뿍 넣자꾸나!

너의 의미!

경빈(耿彬)아!

경빈이의 이름은 한자로는 '빛날 경(耿)'과 '빛날 빈(彬)'이란다.

너의 이름이 가진 뜻은 한마디로 '밝은 빛'이야!

문득 너의 이름 속에 어쩌면 네가 지구별에 온 의미가 담겨 있겠다는 생각이 든단다.

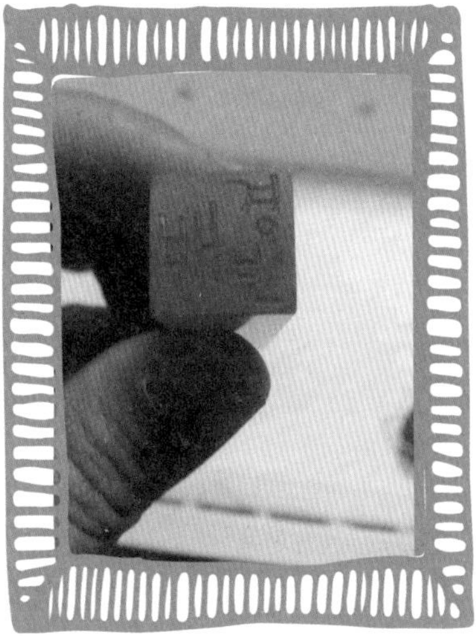

아빠는 네가 밤하늘에 빛나는 별이라는 생각해!
아름다운 별빛을 내는 너는 따스한 사랑의 에너지를 듬뿍 가지고 있단다.

너는 빛나는 스스로를 사랑한단다.
너는 따뜻함과 포근함이 가득한 지금 이 순간을 소중하게 생각한단다.
너는 사랑의 순수함이 안내하는 올바른 너만의 길을 간단다.
너는 어둠과 어려움 속에서도 밝음과 희망을 발견할 수 있단다.
너는 설레이는 꿈과 희망을 향하여 강한 별빛을 낼 수 있는 힘이 있단다.

너의 별빛을 보며 많은 이들이 어둠 속에서도 자신이 가야 할 방향을 잡을 수 있단다.
너의 별빛을 보며 많은 이들이 행복한 꿈과 상상의 나래를 펼칠 수 있단다.
너의 별빛을 보며 많은 이들이 아이와 같은 순수한 마음을 간직할 수 있단다.
너의 별빛을 보며 많은 이들이 가슴속에 숨겨둔 아픔을 위로 받을 수 있단다.
너의 별빛을 보며 많은 이들이 소중한 연인을 위해 사랑의 시를 쓸 수 있단다.

밝은 별빛의 경빈아!

아름다운 지구별에서 너의 모든 날 그리고 모든 순간, 따스한 사랑의 별빛을 내며 행복하길 기도해!

사랑쟁이 아빠가

무거운 선택의 고민을 할 땐 뚜벅뚜벅 가볍게 걸어보렴!

무거운 선택의 고민을 할 땐 뚜벅뚜벅 가볍게 걸어보렴!

빈아!

무거운 선택의 고민을 할 땐, 오히려 (ABBA) 가벼운 마음으로 한 번 걸어보렴!

가벼운 마음으로 걷는다는 것은 네 몸의 긴장을 푸는 거란다.

그저 걷는 것을 온전히 느끼는 거야. 네 발끝의 느낌을. 네 발바닥의 느낌을.

가볍게 걷다 보면 너의 고민도 조금은 편안하게 그리고 조금은 객관적으로 다가오게 된단다.

가볍게 걷다 보면 너는 네 가슴이 안내하는 깊은 지혜의 목소리를 들을 수 있게 된단다.

지혜의 목소리는 네 가슴이 따뜻해지고 즐거울 수 있는 것을 선택하도록 도울 거란다.

남을 아프게 하거나 이기적이기 보다는 모두를 행복하게 하는 방향으로.

경직되거나 부담스럽기보다는 부드럽고 자유로운 방향으로.

아빠의 경험으로는 모두를 행복하게 하는 방향의 선택은 짧은 시간 내 이익의 관점에서는 잘못된 것처럼 보일 수도 있단다. 하지만 긴 인생으로 보면 너를 더욱 당당하고 풍요로운 사람으로 만든단다.

경빈아!

아빠가 생각하기에 이 세상에는 완벽한 선택이라는 것은 없는 것 같아.

다만 내가 선택한 것에 대해 온전히 책임질 수 있는 마음이 있다면 그게 훌륭한 선택인 거 같아.

뚜벅뚜벅 걸으면서 내가 지금 선택하는 것이 어떠한 결과를 만들더라도 편안히 받아들이고 책임질 수 있을지 스스로 물어보렴.

아빠에게 다가오는 진짜 멋진 사나이는 완벽한 선택이 아니라, 나의 선택에 대하여 책임지는 사람이란다.

경빈이가 멋진 사나이가 되길 아빠는 기도한단다.
선택이 너무 힘들 때면, 언제든 아빠를 부르렴.
그저 아빠가 너와 함께 뚜벅뚜벅 걸을게.

사랑해!

사랑쟁이 아빠가

썰매와 할아버지 그리고 추억

아빠 어릴 적에는 겨울이 지금보다 훨씬 추웠던 거 같아.

집앞 개울이 꽁꽁 어는 날에는 친구들과 썰매를 자주 타곤 했단다.

사진 보이지? 이게 아빠가 어릴 때 탔던 썰매란다. 아빠가 아직까지 가지고 있어. 대략 30년 정도 된 거 같은데.

썰매에 무릎을 굽히고 앉아서 철코챙이를 얼음에 찍는단다. 그리고 몸을 앞으로 밀며 나가는 거란다. 썰매 아랫부분에는 얼음에 잘 미끄러지도록 철이 박혀 있단다.

친구들의 썰매와 이리 저리 부딪히고 움직이며 놀았던 기억에 살짝 웃음이 나는구나.

경빈아. 그런데 이 썰매를 누가 만들었을까?

바로 할아버지야. 할아버지께서 코흘리개 아빠를 위해 만들어주신 거란다.

아빠에게는 이 썰매가 너무나 귀한 추억이란다. 이 썰매를 보면 쿵쾅쿵쾅 망치질하시는 젊은 시절의 할아버지 얼굴이 떠오른단다. 할아버지께서는 아빠에게 철코챙이로 썰매를 회전하는 법도 가르쳐주셨고, 속도를 빨리 내는 법도 가르쳐주셨단다.

경빈아. 아빠는 할아버지가 너무 너무 감사하단다. 아빠에게 잊지 못할 추억을 만들어주셨으니깐. 어쩌면 이 썰매는 아빠에게는 할아버지와의 추억이 담긴 보물상자와 같단다.

아빠가 좋아하는 영화인 크리스토퍼 놀란 감독의 〈인터스텔라(Interstellar)〉를 보면 이런 대사가 나와.(지구별 아이들의 미래를 위해 우주여행을 떠나야 하는 아빠가 헤어짐이 안타까워 울고 있는 딸에게 하는 얘기야.)

"너희가 태어나고 엄마가 했던 말을 아빠는 이해 못했었어. 이제… '우린 그저 아이들한테 추억이 되면 돼.' 그게 무슨 뜻인지 이제 알겠어. 부모는 자식의 미래를 위해 유령 같은 존재가 되는 거지."

할아버지께서는 아빠에게 부모로서 아주 많은 추억거리를 만들어

주셨지. 너에게 편지를 쓰며 그리고 눈을 감고 할아버지께 깊은 고마움을 느낀단다.

경빈아! 언젠가 아빠가 경빈에 옆에 없을 때 절대 외로워하지 마렴. 아빠와 함께한 따뜻한 추억이 네 가슴에 머물러 있다면, 언제나 아빠는 네 곁에 있는 거란다.

지혜로운 인디언들은 이렇게 얘기한단다.

"사랑하는 사람과의 추억이 사라지지 않는다면, 그 사람은 나에게서 죽지 않은 것이다."

아빠는 엄마랑 경빈이랑 매일매일 사랑의 추억을 만들고 싶단다. 작지만 따뜻한.

사랑쟁이 아빠가

젊은 시절의 할아버지와 꼬꼬마 아빠.

파란 마음! 초록 마음! 행복 마음!

에매랄드빛 바다를 닮은 경빈아!

우리가 바라보는 세상은 우리 마음의 반영이란다.

네가 파란 마음으로 바라보면 세상은 희망차고 시원하게 보인단다.

네가 회색 마음으로 바라보면 세상은 어둡고 답답하게 보인단다.

네가 초록 마음으로 바라보면 세상은 평화롭고 깨끗하게 보인단다.

오늘은 네 마음의 창문을 깨끗이 닦아보렴.

즐거운 음악을 들으며, 사랑하는 사람과 산책을 하며, 아름다운 수필을 읽으며, 귀여운 물고기를 보며, 뭉개구름 하늘을 보며, 소중한 사람을 위해 기도를 하며….

초록빛 잎새를 닮은 경빈아!

네 마음이 회색으로 가득 찰 때면, 얼른 파란색과 초록색으로 색칠하렴. 네 마음이 푸르를 때, 네 주변은 상쾌한 행복 에너지로 넘치게 된단다. 행복 에너지는 너를 기쁘게 하고, 너의 사랑하는 사람들을 미소 짓게 한단다.

황금빛 해바라기를 닮은 경빈아!

행복 에너지가 너의 도전정신과 열정과 함께할 때, 넌 행복하게 성장할 수 있게 된단다.

파란 마음은 너를 미래의 꿈과 희망으로 안내한단다. 초록 마음은 너를 옳고 바른 길로 안내한단다.

너의 파란 마음과 초록 마음에서 아름다운 인생의 황금빛이 흘러나오게 되는 거란다.

아빠 편지를 읽는 지금 이 순간 네 마음의 색깔은 뭐니?

사랑쟁이 아빠가

봄 개나리와 가을 잠자리!

— 계절의 변화를 느껴보렴!

아빠는 오늘 영흥도라는 아름다운 섬에 다녀왔단다.

잠자리떼들이 가을이 온다고 춤을 추는 것 같았어.

아빠 볼에 느껴지는 바다바람에도 가을 내음이 살포시 스며들더라구.

경빈아!

언제부턴가 우리는 계절의 변화를 느끼지 못하고 사는 거 같구나.

그저 무의미하게 하루하루를 반복적으로 보내는 것처럼.

네가 새로운 계절이 다가옴을 느낀다는 것은 지금 이 순간을 즐기고 있다는 것을 말한단다.

새로운 계절이 가져오는 새로운 색깔과 새로운 온도를 흠뻑 느껴보렴. 새로움 속에서 너는 세상의 경이로움과 아름다움을 발견할 수 있게 된단다. 새로움 속에서 너는 새로운 계획과 결심을 할 수 있게 된단다.

추운 겨울이 지난 후, 한 떨기 노란 개나리가 핀 모습을 상상해보렴.

아무리 춥고 힘든 겨울도 결국은 지나가는 것을 알 수 있게 된단다.

얼음 같은 땅 속에서도 새로운 생명과 희망이 다시 솟아남을 알 수 있게 된단다. 겨울의 움츠림 속에서 나와 봄의 기지개를 힘껏 펴보렴.

새로운 출발을 알리는 상쾌한 봄의 에너지가 너와 함께할 거란다.

모든 계절에는 너무나 많은 아름다운 가치가 담겨 있단다.

여름에는 뜨거운 햇살같은 젊음과 열정이… 가을에는 빨간 단풍잎 같은 성숙함과 풍요로움이… 겨울에는 눈 덮인 고요한 산 같은 스스로 돌아봄과 휴식이… 그리고 다시 봄에는 연두빛 잎새 같은 새로운 생명력과 새 희망이….

경빈아!

아름다운 계절의 변화를 느끼면서 지금 이 순간을 즐겨보렴.

자연스레 하루하루를 감사하고 소중하게 생각하게 된단다.

그리고 너도 계절의 변화처럼 날마다 새롭고 다채롭게 변화하고 발전할 거란다.

사랑쟁이 아빠가

P.S 우리 집 앞의 아담한 단풍나무란다! 왼쪽은 작년 가을의 붉게 물든 모습이야. 정말 아름답지 않니? 가만히 보고 있으며, 귀여운 천사들이 빨강 물감놀이를 한 거 같아. 아빠는 계절의 변화를 느끼며, 이 아름다운 지구별에 살고 있는 오늘 하루가 무척 감사하단다!

아빠와의 첫 번째 궁궐여행!

여기는 얼마 전 경빈이가 아빠 엄마랑 함께 거닐었던 창덕궁의 한 골목이야. 대조전 뒤뜰로 가는 작은 길이란다.

대조전(大造殿)이란 조선의 왕비가 살았던 공간이란다. 대조전 서쪽 방은 왕비의 침실이고 동쪽 방이 왕의 침실이란다. 대조전은 큰 것을 만드는 곳이라는 뜻이야. 지혜로운 왕자의 탄생을 바라는 소망이 담겨 있는 거란다. 여기서 많은 임금이 태어나고 죽고 했단다. 대조전에서 태어난 효명세자가 누구였는지, 여기서 죽은 성종이 어떤 왕이었는지 알아보는 것도 꽤나 재미있단다.

대조전에는 작은 건물들이 붙어 있는데, 이 가운데에서 동쪽에 있는 흥복헌이라는 곳에서 일본에게 국가의 권리를 빼앗기게 되는 임금과 신하들의 결정이 이루어졌단다. 아픈 역사의 한 단면을 고스란히 담아낸 곳이기도 해.

아빠는 대조전 옆의 이 작은 길을 창덕궁에서 제일 좋아한단다. 아기자기한 아늑함이 이 공간을 거니는 사람의 마음마저 평화롭게 하는

거 같단다.

특히 화계라고 불리우는 꽃계단이 참 아름답단다. 경사진 공간을 계단으로 꾸며, 그곳에 이쁜 꽃과 식물을 심어놓은 것이야. 아마 이 곳에 머무르는 왕비가 창문을 열었을 때, 마치 작은 동산에 놀러온 느낌이 들었을 것 같아.

아빠가 생각하기에 화계야말로 우리 궁궐만의 고유한 아름다움인 거 같아.

경빈이도 궁궐여행을 자주 하다 보면 너에게 가장 아름답고 따뜻하게 다가오는 공간이 생기게 될 거란다. 그곳에 앉아서 이곳에 살았던 옛사람들의 모습을 상상해보렴. 마치 네가 잠시 과거로 여행하는 듯한 느낌이 들 거란다.

이 골목을 지나면 대조전의 뒤뜰이 나온단다. 오래된 소나무와 예술적인 무늬의 굴뚝 그리고 화려한 꽃계단과 꽃담이 고궁의 고즈넉한 분위기를 한층 더한단다.

아빠와 다음 번 궁궐여행에는 대조전 뒤뜰을 자세히 살펴보자꾸나. 언젠가 경빈이가 우리 역사에 관심을 갖게 되면, 대조전 뒤뜰을 함께 쓰는 경훈각이라는 건물의 아궁이가 어떤 기능을 했는지 살펴보렴. 그리고 선조가 명나라 황제 신종에게 받아서 경훈각에 보관한 것이 무엇인지도 알아보구.

아빠랑 궁궐여행을 하다 보면 자연스레 우리의 역사와 문화의 여러 단면을 볼 수 있게 된단다. 그리고 그 속에 간직된 우리 조상들의 기쁨과 슬픔도 느낄 수 있단다. 기쁨은 너에게 민족적 자긍심으로, 슬픔은 너에게 역사적 교훈으로 다가갈 거란다.

올 가을에는 아빠가 좋아하는 창덕궁의 아름다운 단풍을 너에게 소개해줄게!

사랑쟁이 아빠가

P.S. 여기서 퀴즈! 너랑 함께 간 이곳은 어디일까요?

힌트) 고종 그리고 흥선대원군.

엄마는 요술램프의 지니!

오늘 경빈이가 입은 옷을 보니 아빠가 자꾸 웃음이 난단다.

경빈이가 마치 '아라비아의 날으는 양탄자'를 타는 장난꾸러기 소년 '알라딘' 같아.(『알라딘과 요술램프』라는 동화책을 읽어보렴! 모험심 강한 알라딘은 너무나 멋진 소년이란다!)

그리고 네 신발을 신겨주는 엄마는 알라딘이 사랑하는 요술램프의 '지니' 같아.

네가 '엄마!' 하면서 요술램프를 문지르기만 하면 소원을 들어주잖니.

놀이터에서 놀다 신발 속에 들어간 모래를 빼고 싶을 때.

밖에서 일하는 아빠에게 전화 걸고 싶을 때.

네가 맨날 귀찮게 해서 도망가 있는 강아지 대박이를 안고 싶을 때.

네 키보다 높은 곳을 보고 싶을 때.

놀이터에서 무서운 그물 징검다리를 건너고 싶을 때.

동화책에서 아기 사자를 찾고 싶을 때.

아침에 네가 눈을 떴을 때, 아직도 자고 있는 아빠를 깨우고 싶을 때.

비 오는 날 우비를 입고 밖으로 나가고 싶을 때.

한밤중에 자다가 목이 말라 물을 먹고 싶을 때.

'둥글게 둥굴게' 노래 부르면서 율동을 하고 싶을 때.

마트에서 시식한 음식을 한 번 더 먹고 싶을 때.

오늘은 넌 사랑하는 지니 엄마에게 몇 가지 소원을 말했니?

아빠는 잠깐 생각해봐도 손가락으로 헤아리기가 어려운걸.

오늘은 자기 전에 아빠랑 경빈이가 우리의 지니 엄마를 꼬옥 안아 주자꾸나.

"엄마. 사랑해. 그리고 고마워."

사랑쟁이 아빠가

P.S. 경빈아. 문득 이런 생각도 들어. '엄마는 우리 집 오케스트라의 지휘자!'

아빠와 경빈이가 함께 운동할 수 있도록 우리 둘 스케줄을 기가 막히게 조율해주잖아. 또 오늘 아침처럼 아빠와 네가 서로 요구르트를 먼저 먹겠다고 할 때, 차근차근 순서도 정해주고 말이야.

지나고 보면 그저 벚꽃인 것을!

지혜로운 경빈아!
아무리 화려하게 핀 벚꽃도 봄비가 내리면 진단다.
찬란한 봄날에 핀 벚꽃은 아름답지만 오래 지속하지는 못한단다.
그저 사랑하는 연인과 가족들과의 벚꽃 추억을 고이 간직하게 하며.
떨어진 벚꽃은 영원한 헤어짐이 아닌 다시 만나기 위한 아련한 약속이란다.

봄비에 떨어진 벚꽃은 아쉽지만 다음을 향한 기다림의 분위기가 있단다.
그저 내년 봄의 눈부신 아름다움과 또 다른 벚꽃 추억을 기약하게 하며.

그 어떤 화려한 성공도 영원하지 않단다.
그 어떤 어두운 실패도 영원하지 않단다.
자만과 옳지 않음으로 이뤄진 성공은 또 다른 실패의 씨앗이 될 수 있음을.
최선과 옳음이 가득한 실패가 더 큰 성공의 디딤돌이 될 수 있음을.

하나의 성공에 취하거나, 하나의 실패에 좌절할 필요가 없단다.
그저 네가 꿈꾸는 옳은 방향의 길에서 지금 이 순간에 최선을 다하렴.
그땐 성공과 실패의 결과는 의미가 없단다. 왜냐면 넌 이미 과정에서 행복한 사람이니깐.

지나고 보면 그저 벚꽃인 것을.
그저 지금 이 순간 감사하기를.

사랑쟁이 아빠가

P.S. 1 경빈아! 오늘 아침에 너를 등교시키고 집으로 오는 길에 이쁜 핑크색 겹벚꽃 나무를 발견했단다. 왕벚꽃나무라고도 불리우는데 보통 벚나무보다 꽃잎이 훨씬 많은 나무란다. 아름다운 겹벚꽃잎이 바람에 날려 떨어지고 있더라구. 흩어진 꽃잎들을 모아 우리 가족의 이름을 새겨보았단다. 그 순간 아빠는 그저 우리 가족이 존재 자체로 감사했단다.

빈♡별♡혜♡표.
울 경빈이, 강아지 별이, 엄마 선혜, 아빠 기표.
그리고 하트 둘은 지구별 우리 가족이 될 뷰티와 큐티.

겹벚꽃의 꽃말은 '정숙과 단아함'이라고 하네. 뷰티와 큐티는 아마 예의 바르고 내면이 단단한 신사와 숙녀로 자랄 거 같은 아빠의 느낌적 느낌이란다.

참, 뷰티와 큐티는 경빈이가 지은 쌍둥이 동생들의 태명이란다. 아무리 봐도 경빈이가 너무 멋지게 지은 거 같아.

P.S. 2 경빈아! 우리 삶의 모든 것들은 절대 영원하지 않단다. 어쩌면 잠시 내 곁을 스쳐 지나가는 건지 모르겠어. 아빠는 우리 가족과 지금 이 순간을 함께하는 작은 것들조차 소중하게 생각하고 있단다. 영원하지 않기에.

너가 참 오랫동안 탔던 유모차야. 기억나지? 이 유모차 타고, 우리 동네, 시골 청도 할아버지집, 동해의 경포대 해변, 오사카 에비스바시 거리, 홍콩의 침사추이 거리, 파리의 몽마르트 언덕, 아일랜드 더블린의 그래프턴 거리, 유럽의 최고봉인 스위스 인터라켄 융프라우까지 갔었단다. 지금은 아쉽지만 바퀴가 고장나버렸구. 참 감사했던 그리고

지금도 감사한 유모차란다. 앞으로 경빈이 삶에는 너의 옆을 스쳐가는 인연들이 많을 거야. 그 인연은 사람일 수도 있고, 물건일 수도 있고, 무형의 자산일 수도 있을 거야. 함께하는 동안 후회 없이 사랑해주렴. 그리고 지나간 뒤에는 미련 없이 보내주렴. 하나의 문이 닫히면 새로운 문이 열리듯이, 너가 미련 없이 보내주면 새로운 인연들이 기적처럼 다가올 거란다. 아빠가 생각하기에 우리 인생은 그런 거 같아.

승리의 룰은 단 하나! 즐겨라!

오늘은 너에게 아빠가 참 좋아하는 광고글을 하나 소개해줄게.

순위 나누기를 멈춰라. 점수 매기기도 멈춰라. 이건 전혀 다른 경기다. 누구보다 큰 웃음을 지어보자. 멋진 세레모니로 모두를 열광시켜보자. 이젠 즐기는 사람이 최고가 될 것이다. 트로피는 필요없다. 타이틀도 필요없다. 누군가의 허락도 필요없다. 움직이고 싶은 대로 몸을 움직여보자. 스포츠의 근원은 놀이. 진짜 놀이가 뭔지 기억해내자. 승리의 룰은 단 하나. 즐기면 된다.

Just Do It.

— 스포츠 브랜드 나이키 광고에서

진정한 승리는 순위와 점수에 있지 않단다. 네가 웃고 즐길 수 있다면 넌 진정한 승리자란다.

소중한 네 인생에서 마주칠 수많은 경쟁의 룰을 다른 사람들과의 치열함이 아닌 스스로의 즐거움으로 만들어보렴.

스스로의 즐거운 경쟁이라는 것은 어떤 일이 되던 네가 좋아하는 일에서 경쟁하는 것을 말한단다.

누군가의 룰이 아닌 스스로가 리드하는 룰을 지키며. 누군가의 시선이 아닌 자신의 행복을 의식하며.

경쟁이 즐거운 놀이가 된다면 너는 네 인생의 경기를 스스로 지배

할 것이란다.

챔피언으로서, 주인공으로서, 창조적 혁신자로서.

너의 열정적인 모습은 결국 많은 사람들에게 용기와 희망을 줄 것이란다.

승리의 룰은 단 하나!

경빈아! 즐겨라!

사랑쟁이 아빠가

P.S. 인생을 즐긴다는 것은 주어진 상황을 긍정적으로 바라보고 그 순간의 주인공이 된다는 뜻이란다. 특히 너에게 다가오는 피할 수 없는 숙명이라면 더더욱 즐겨야 한단다. 아빠는 골프를 칠 때 갑자기 비가 내리더라도 그 순간만큼은 필드 위의 비를 좋아하는 즐거운 강아지가 된단다.(아래 사진은 비를 흠뻑 맞으면서도 행복해하는 아빠의 모습이 신기하다며, 동반자가 찍어준 것이란다.) 아빠가 비를 맞으며 즐겁게 라운딩을 즐기면, 함께하는 동반자들의 얼굴에도 걱정이 아닌 미소가 흐르게 된단다. 어떤 상황이 너를 잠시 힘들게 하거나 두렵게 할지 몰라도, 새로이 용기와 희망으로 마음을 가득 채워, 지금 이 순간을 즐기고 최선을 다할 때, 네가 진정한 인생의 챔피언이 될 수 있다는 것을 기억하길 바래!

우리 결과보다 과정을 즐기자꾸나! 꿈과 비전을 향해 모험과 도전을 즐기자꾸나! 긍정적이고 밝은 것뿐만이 아니라 우리에게 다가온 어려움과 시련까지 즐기자꾸나! 그럴 때, 우리는 오히려 평온함과 여유를 가지며, 위기 속에서 멋진 기회를 발견하여 새로운 인생의 게임을 즐길 수 있게 될 거란다!

경빈이가 소중한 이들에게
눈높이를 맞추어줄 수 있기를!

기도한단다.

경빈이가 사랑하는 사람들의 눈높이를 맞추어줄 수 있기를.

그들의 있는 그대로의 모습을 이해하며 존중하기를.

그들에게 따뜻한 온기와 사랑을 전할 수 있기를.

사랑쟁이 아빠가

아빠의 짜장면 단골집!

오늘 아침, 졸린 눈을 비비며 경빈이는 아빠에게 이렇게 얘기했단다.

"아빠! 아침에 방울토마토 먹어. 내가 키운 거니깐 남기지 말고 정성껏 먹어야 해. 나는 솔직히 방울토마토보다는 수박이나 딸기가 훨씬 맛있어. 근데 아빠가 제일 좋아하는 음식은 뭐야?"

아빠는 이렇게 대답했단다.

"글쎄. 좋아하는 음식이 너무 많아서 대답을 잘 못하겠네. 음. 떡볶이도 좋아하고, 짜장면도 좋아하고, 만두도 좋아하고, 냉면도 좋아하고, 하하하. 좋아하는 게 너무 많다. 경빈아! 일단 아빠가 곰곰이 생각해보고 다시 말해줄게."

곰곰이 생각한 아빠의 대답은 바로 바로 '짜장면'이야.

아빠는 짜장면을 무척 좋아한단다.

그래서 맛있게 한다고 소문난 집은 한 번쯤은 꼭 들린단다.

지금은 나름 아빠만의 짜장면 단골집들이 있기도 하구. 가만히 생각해 보니깐 아빠의 짜장면 단골집들은 느낌이 거의 다 비슷한 거 같아.

마치 골동품집 같은 분위기, 손님이 많은 날은 원형 테이블에서 낯선 사람들과 함께 식사하기, 메뉴는 몇 가지 정도 그리고 아주 작은 공간, 조금은 왁자지껄한 주방장.

지금 너에게 편지를 쓰면서 알게 되었어. 아빠가 좋아하는 짜장면집은 그 옛날 아빠가 아빠의 할머니(경빈이에게는 증조할머니!)와 함께 다녔던 짜장면집과 닮은 곳이야. 야! 신기하게도 생각하니 그렇구나.

아빠와 증조할머니는 동네 짜장면집을 자주 다녔단다. 아빠가 초등학교(그때는 국민학교라 불렀지!) 다니던 시절에는 짜장면 한 그릇 가격이 500원이었단다. 얼마나 할머니랑 자주 다녔는지 30년이 지나도 가격이 아직 생각나는구나.

할머니와 서로 서로 짜장면을 먼저 비벼주겠다고 하던 장면, 짜장면을 잔뜩 묻힌 아빠의 입가를 닦아주시던 자상한 할머니의 주름진 얼굴. 단골이라고 짜장면 두 그릇만 시켜도 군만두를 공짜로 주신 친절한 대머리 사장님. 신기하게도 모든 것이 너무나 생생히 떠오른단다.

어쩌면 아빠에게는 단골집이란 음식 자체의 맛이 아닌 추억의 향기를 느낄 수 있는 곳인 거 같아.

추억의 향기를 맡으며 아빠는 포근한 분위기에서 짜장면을 맛있게 먹을 수 있게 되는 거란다.

단골집 짜장면을 통해 아빠의 마음이 따뜻해진다고나 할까.

경빈이도 아빠와의 추억을 만들 수 있는 맛집을 많이 다니자꾸나!

가을이 시작되면 본격적인 짜장면 투어를 시작해볼까? 먼저 성북

동의 작은 뒷골목에 있는 아빠의 짜장면 단골집에 가보자꾸나. 짜장면 먹고 나서 근처 오래된 제과점에서 입에 살살 녹는 크림빵도 먹어보구. 와! 벌써 군침이 도는 걸. 경빈이가 어른이 되었을 때, 너의 단골집은 어떤 곳일지 벌써 궁금해지는 걸.

사랑쟁이 아빠가

P.S. 오늘은 경빈이를 아빠의 단골 피자집으로 데리고 갔단다. 피자 먹기 전에 이미 우리 가족은 웃음빵을 실컷 먹었단다. 이유는 뭘까? 그건 바로 경빈이가 가위 바위 보를 계속 이겨서 너무 신기했기 때문이란다.

빗방울에서 네가 보낸 사랑편지를 읽다!

오늘은 가을을 재촉하는 비가 분위기 있게 내리는구나!
아빠가 좋아하는 노래인 켈리 첸(Kelly Chen)의 〈Lover's Conerto(진혜림의 러버스 콘체르토)〉를 들으며 창밖을 바라본단다.

유리창에 맺힌 빗방울에서 아빠에게 보낸 너의 사랑편지를 읽을 수 있구나!

아빠~아! 아빠~아!
지난여름 아빠랑 함께,
바닷가에서 처음으로 물놀이를 하게 되어서 기뻤어.
아빠가 어린 시절 좋아했던 동화책을 읽어서 즐거웠어.
하루 종일 술래잡기를 해서 재밌었어.
아빠 무릎에 앉아 그네를 타서 신났어.
두발 자전거로 동네여행을 하게 되어서 행복했어.
빗방울에 담긴 너의 사랑편지 고마워!
그런데 사실 아빠가 너한테 더 고맙단다!

경빈~아!

지난 여름 너를 통해,

세상에서 가장 해맑은 웃음소리를 들을 수 있어서 기뻤어.

천사의 얼굴을 보며 아침을 열 수 있어서 즐거웠어.

엄마가 그렇게 눈물이 많은 여인임을 알게 되어서 감동스러웠어.

지구별의 작은 새가 부르는 사랑의 세레나데를 들을 수 있어서 행복했어.

사랑하는 이와의 쇼핑은 절대 지루하지 않다는 것을 알게 되어서 정말 신기했어.

풀잎 하나도 멋진 장난감이 될 수 있다는 것을 배우게 되어서 재미 있었어.

고마워! 그리고 사랑해!

사랑쟁이 아빠가

P.S. 경빈이와 커플모자를 샀던 날의 사진이란다. 아빠는 엄마랑 쇼핑을 하면 금방 지치는 스타일인데, 너와 함께 쇼핑한 이날은 정말 하나도 힘들지 않았단다. 엄마가 들으면 무척 서운할 거야. 하하하. 나를 닮은 너와 함께 고민하고, 함께 고르고, 함께 웃는다는 것이 얼마나 행복한지 모르겠어.

집에 돌아와, 거실장 위에 놓인 너의 유치원 졸업식 사진과 아빠의 유치원 졸업식

왼쪽이 경빈이 그리고 오른쪽이 사랑쟁이 아빠

사진을 함께 유심히 보았단다. 경빈이가 아빠보다 훨씬 잘생긴 거 같아. 하하하. 오히려 아빠 기분이 좋아. 이렇게 멋지고 잘생긴 아들을 낳았으니 말이야.

그리고 오늘 너에게 편지를 쓰는 아빠의 나이가 되었을 때, 경빈이가 어떠한 모습일지를 상상해보았단다. 분명한 건, 너의 눈에는 세상을 아름답게 바라보는 사랑의 빛이 가득할 거란다. 빗방울에서 네가 보낸 사랑편지를 읽는 사랑쟁이 아빠를 닮은 너이기에.

엄마의 손을 처음 잡다!

햇살이 아름다운 어느 멋진 날, 아빠와 엄마는 해운대 바닷가를 거닐었단다.

서로의 손가락이 살짝살짝 건들리는 순간, 아빠는 엄마의 어여쁜 손을 꼬옥 잡고 싶어졌단다.

'심장이 쿵쾅쿵쾅! 잡을까? 말까?'

아빠는 용기를 내어 엄마의 손을 잡았단다.

그 순간 아름답고 사랑스러운 작은 우주가 창조되었단다!

너무나 다른 두 사람이 만나 함께 어우러지면서 아빠는 진정한 사랑의 의미를 조금씩 이해하게 되었단다.

진정한 사랑이란 서로의 다름을 있는 그대로 인정하고 존중하는 것임을 알게 되었단다.

다름을 존중하다는 것은 엄마가 아빠의 원하는 모습으로 바뀌어서 예쁘고 소중한 것이 아니란다. 그저 엄마의 바로 지금 그대로의 모습을 이유 없이 사랑하는 것이란다.

아빠는 이해와 배려가 없는 사랑을 반성하게 되었단다.

'엄마를 만나기 전까지 아빠에게 사랑이란 내가 좋아하는 방식만의

사랑표현이었음을. 사랑하는 사람의 표정이나 말투에 의해 결정되는 나의 기쁨은 진정한 행복이 아니었음을. 내가 이유 없이 사랑할 때 행복은 언제나 내 곁에 함께한다는 것을. 그럴 때 나는 행복을 언제든 스스로 만들 수 있는 행복의 마법사가 될 수 있음을.'

아빠는 이해와 배려가 있는 사랑쟁이가 되기 위해 노력하고 조금씩 변화하기 시작했단다.

'내 생각만을 말하기보다는 사랑하는 사람의 이야기에 더 귀 기울이기를. 내가 좋아하는 것이 아닌 사랑하는 사람이 좋아하는 것을 선물하기를. 사랑하는 사람에게 아낌없이 주는 나무가 되기를 그리고 대가를 기대하지 말고 그저 기쁜 마음으로 사랑을 나누기를.'

바로 지금 그대로의 모습으로 사랑스러운 경빈아!

아빠는 엄마를 만나 진정한 사랑을 배우게 되었단다.

그리고 아빠와 엄마 그리고 경빈이가 함께하는 사랑의 가정이 탄생되었단다.

아빠가 엄마의 손을 처음 잡던 날, 아름답고 사랑스러운 작은 우주

가 창조된 것이란다.

우리 경빈이의 사랑과 기쁨이 가득한 작은 우주가 창조되는 그 날이 무척 궁금해지는구나!

살짝 떨릴 때면 심호흡을 크게 하고 용기있게 사랑하는 사람의 손을 잡으렴!

사랑쟁이 아빠가

P.S. 경빈아. 2022년 1월에는 우리 가족이 엄청 늘어났네. 이제 눈위에 러브레터를 쓸 때에는 우리 집 캡틴 경빈이가 도와줘야겠어.

내려오는 것을 부끄러워하지 마렴!

오늘 아침 가벼운 등산을 하면서 찍은 나무 계단이란다..

'어쩌면 우리 인생은 산을 타는 것일지 모르겠다'라는
생각이 문득 드는 아침이었어.

아름다운 인생의 등반을 준비하는 경빈아!

내려오는 것을 부끄러워하지 마렴.
내려오는 것을 두려워하지 마렴.
내려오는 것에 좌절하지 마렴.

내려온다는 것은
그저 처음의 시작점으로 다시 돌아오는 것이란다.
처음으로 돌아와 너의 지친 몸과 마음을 추스리는 거란다.
오르는 과정에서 아름다움을 기억하며. 아픔을 위로하며. 부족한 점을 반성하며.
내려온다는 것은
다시 새로운 곳을 향하여 새로운 걸음을 시작한다는 것이란다.
새로운 에너지로 너는 더욱 높은 곳을 향하여 오르기 시작할 거란다.
더욱 선하고 명확한 비전을 수립하며. 뜨거운 열정을 가슴에 새기며. 건강하고 밝은 에너지를 내뿜으며.

언제나 새로운 시작을 즐기는 경빈아!
인생을 너만의 리듬으로 나아가렴!

내려온다는 것은
새로운 출발을 위한 즐거운 준비라는 것을 기억하길 바래!

멋지게 내려오렴 그리고 멋지게 너만의 리듬으로 새롭게 나아가렴!

사랑쟁이 아빠가

진정한 행운의 네잎클로버란!

사랑하는 아들아!

오늘 오랜만에 시골 할아버지댁 잔디밭에서 클로버를 실컷 보게 되었단다.

문득 아빠가 생각하는 네잎클로버의 의미를 너에게 전하고 싶어졌어.

아빠에게 다가오는 진정한 행운의 네잎클로버란
지금 이 순간을 즐기고 감사해하는 '긍정의 마음'이란다!

긍정의 마음은
세상에 뿌려진 모든 아름다움을 볼 수 있게 한단다.
아름다움에 감춰진 깊은 본질과 가치를 보게 한단다.
순간 순간 너의 소중한 인생을 변화시키는
운명적 기회를 발견할 수 있도록 너를 깨어 있게 한단다.

지금 이 순간
너의 마음을 긍정의 에너지로 가득 채워

행운의 네잎클로버를 만들어보자꾸나!

긍정의 마음을 가진 너는 언제든 원하는 대로 행운의 네잎클로버를 만들 수 있는 마법사란다!

언젠가 인생의 아름다운 기적을 매일 경험하는 마법 같은 너의 이야기를 아빠에게 들려주렴!

사랑쟁이 아빠가

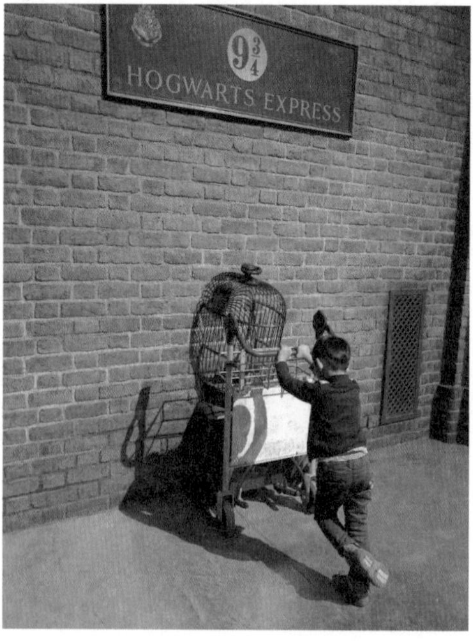

아름다운 인생의 마법 주문을 걸어보렴! "감사해!"

친구들의 성공과 행운을 진심으로 축하해주렴!

— 우정과 경쟁의 의미

친구들의 성공과 행운을 진심으로 기뻐하고 축하해주렴!

너는 가까운 미래에 네가 온 마음으로 축하했던 그 성공과 행운을 받게 될 거란다!

아빠는 친구들이 회계사 시험에 합격했을 때, 누구보다 기뻐했었

경빈이랑 함께 축하해준 아빠 후배의 결혼식에서.

단다.

아빠는 곧 회계사 시험에 합격했단다.

아빠는 친구들이 결혼할 때, 누구보다 축하해주었단다.

아빠는 곧 엄마라는 아름다운 여인을 만나서 부부의 인연을 맺게 되었단다.

아빠는 친구들의 아이가 태어났을 때, 누구보다 축복해주었단다.

아빠는 곧 경빈이라는 사랑스러운 아들을 얻게 되었단다.

아빠는 친구들이 자신의 책을 출판했을 때, 누구보다 자랑스러워했단다.

아빠는 곧 아빠의 고유한 생각이 담긴 책을 출판하게 되었단다.

많은 경험을 통해, 아빠는 절실하게 깨닫게 되었단다.

누군가에 대한 축복은 결국 나에 대한 축복이라는 것을.

행운이 넘치는 친구들에게 아름다운 꽃과 함께 축복의 찬사를 보내렴!

그리고 우리 사회를 위해 소중한 가치를 만드는 꽃보다 아름다운 사람들의 성공에도 박수를 보내렴!

사랑쟁이 아빠가

P.S. 1 경빈아! 오늘 아침 등굣길에서 너와 친구들의 뒷모습을 보니 아빠는 그저 흐뭇하단다. "까르르, 까르르, 까르르" 아름다운 새들이 노래부르는 것처럼 얼마나 귀여운지 모르겠구나.

아빠가 생각하는 우정이란 있는 그대로의 모습을 존중하는 것이라고 생각한다. 친구를 위해 너의 고유한 모습을 잃거나 바꿀 필요는 없단다. 그리고 너를 위해 친구에게 일방적인 변화를 요구해서도 안 된단다. 있는 그대로의 모습으로 아껴줄 때, 너와 친구는 조금씩 조금씩 서로를 위해 배려하고, 함께 긍정적으로 변화될 수 있는 거란다.

경빈아! 네 삶에 마주치는 모든 사람들과 친해질 수는 없단다. 사랑쟁이 아빠가 된 지금, 아빠의 우정 깊은 친구들은 몇 손가락에 꼽을 수 있단다. 그저 많은 친구가 아닌, 서로 진심으로 위로해주고 격려해주고 축하해줄 수 있는 깊은 우정을 쌓으려고 노력했으면 한단다. 먼저 울 경빈이가 너에게 찾아오는 친구에게 아낌없는 애정을 표현하면서 말이야. 그리고 아빠가 너에게 자주 들려주는 정직과 신뢰 그리고 생명 존중처럼 경빈이가 반드시 지켜가야 할 인류 보편의 소중한 가치를 함께 나눌 수 없다고 판단할 때는 과감하게 더 이상 관계를 이어가지 말아야 한단다. 아빠는 이 소중한 가치들을 사랑의 가치라 부르고 싶구나. 우리의 인생은 함께 사랑의 가치들을 가꾸어가는 사람들과 보내기에도 너무 시간이 부족하다는 것을 기억하렴.

P.S. 2 경빈이의 질문에 대한 아빠의 대답을 준비하면서, 자연스레 칼럼으로 정리가 되었네. 네가 아빠에게 진정한 경쟁의 가치를 생각해 볼 수 있는 기회를 만들어줘서 고마워. 아빠는 지금처럼 경빈이가 친구들과 '더불어 살아가는 행복한 성장'을 하길 기도한단다. 사랑쟁이 아빠편지에 있는 다른 칼럼들처럼 경빈이가 성장하면서 경쟁에 대해 한번 고민할 수 있는 시기에 읽어보면 참 좋을 거 같구나.

사랑쟁이 아빠칼럼

진정한 경쟁의 가치

지난 주, 평소 축구를 무척 좋아하는 아들과 함께 우리나라의 올림픽 축구경기를 보았다. 아들이 질문한다. "아빠! 왜 경기 마치고 우리나라 선수는 상대방 선수가 악수하자는데 왜 싫어하는 거예요?" 또 얼마 후, 우리나라 펜싱선수의 경기를 보면서 "저 외국선수는 우리나라 선수가 넘어지면 항상 일으켜세워주고 걱정을 해주네요. 자기가 졌으면서도 먼저 다가가서 축하해주구요"라며 외국선수가 한국선수와 매우 다르게 느껴지는 듯한 표현을 했다.

난 할 말이 없었다. 어쩌면 대한민국 우리 모두의 모습이 상징적으로 비쳐지는 거 같았기 때문이다. 이 선수들을 키운 교육 시스템이야말로 우리 사회의 '경쟁 메카니즘'의 특성을 가장 대표적으로 보여주기 때문이다. 우리는 어릴 적부터 경쟁 가치 지향의 사회에 살고 있다. 돈, 학벌, 권력, 심지어 이제는 집까지 제로섬(한쪽의 이익과 반대쪽의 손실을 합치면 제로가 된다는 사고) 경쟁논리에 사로잡혀 있다. 남이 가지면 내가 결코 가질 수 없다는 이 논리는 어쩌면 우리 모두가 남을 무조건 앞서야 한다는 무의식적 관념을 우리 사회 시스템에 심어주고 있는 것이다. 물론 자본주의 사회에 경쟁이 사회발전의 촉매제가 된다는 것은 분명하다. 다만 여기서 강조하고 싶은 점은 협력과 배려가 결여된 경쟁은 절대 지속 가능성이 없다는 것이다.

우리는 이제 아이들에게 비경쟁 가치의 위대함을 가르쳐야 한다. '비경쟁 가치'란 더불어 살아가는 삶의 아름다움의 가치를 말하며, 제한적인 자원을 일방적으로 취하려는 것이 아닌 각자와 고유한 역량을 발휘해 경쟁을 넘어 우리 사회를 위한 선함과 아름다움의 무한한 가치를 추구하는 것이다. 경쟁 속의 협력을 뜻하는 코페티션(Copetition=경쟁, Competition + 협력Cooperation)의 의미도 포함할 수도 있지만, 근본적인 메시지는 내가 추구하는 개인적 가치가 사회에 이바지할 수 있는 선한 가치와 결합할 때, 행복과 기쁨이 담긴 진정한 개인의 발전이 이뤄질 수 있고 또 사회 공동체 구성원들도 함께 성장할 수 있다는 것이다. 그야말로 윈-윈의 경쟁논리인 것이다.

나의 사촌형은 언제나 따뜻하고 맛있는 음식을 만들어 사람들에게 행복을 주는 것이 본인이 추구하는 삶의 가치였다. 원가분석보다는 건강한 재료로 자신만의 새로운 맛으로 사람들에게 음식의 기쁨을 주려는 비경쟁 가치를 추구했던 형은 역설적으로 경쟁 가치에서도 좋은 결과를 만들어냈다. 우리는 우리 사회에 비경쟁 가치를 추구하면서 오히려 결국 경쟁 가치에서도 훌륭한 모습을 보여주는 일상 속의 위대한 영웅들을 자주 볼 수 있다. 이제는 이런 선한 가치의 위대한 힘을 반드시 교육 시스템으로 녹아들게 해야 하는 것이다.

비경쟁 가치가 담긴 교육 시스템의 핵심비전은 "당신이 있어 우리가 있다!"는 뜻의 아프리카 부족들의 우분투(UBUNTU)라는 '공동체 정신'인 것이다. 맨 먼저 도착한 사람이 바구니 속 사탕을 모두 가질 수 있는 게임에서, 다 같이 손을 잡고 즐겁게 노래를 부르며 바구니를 향해 달려가는 아프리카 아이들은 이 공동체 정신을 가슴 깊이 함께 품고 있는 것이다. 공동체 정신은 사회 구성원들을 서로 존재 자체로 감사하게 만들 것이다. 서로 관심을 가지며, 열린 생각으로 서로의 어려움과 두려움을 보듬어줄 것이다. 또 함께 협력해 우리 인류를 위한 새로운 발견을 만들어낼 것이다. 이 '공동체 정신'이야말로 세상에서 가장 소중한 우리 스스로의 삶에 어쩌면 가장 깊은 자존감과 자율성 그리고 책임감을 가져다줄 것이다. 우리 대한민국 아이들이 이제는 진정한 경쟁인 비경쟁의 가치를 배우길 소망한다. 그리고 함께하는 행복한 성장을 하길 희망한다.

순간을 사랑한다는 것!

순간을 사랑하라.

그러면 그 순간의 에너지가 모든 경계를 넘어

퍼져 나갈 것이다.

— 코레타 켄트

순간을 지배하는 사람이 인생을 지배한다.

— 에센 바흐

순간을 사랑한다는 것은 지금 하는 일을 좋아하고 집중한다는 뜻이란다. 지금 이 순간을 사랑할 때 너는 드디어 행복한 성공의 길로 들어서게 된단다. 네가 하는 일을 즐기면서도 최선을 다하기에 너는 스스로 만족할 수 있는 훌륭한 결과를 만들어낼 수 있단다.

아빠는 요즘 네가 순간을 사랑하는 모습을 자주 볼 수 있단다.

집앞 놀이터에서 몇 시간 동안이나 꺄르르 웃으며 미끄럼을 타는 모습은 정말 놀랍단다.

엄마의 집안일을 돕는다고 콩나물을 흩뜨려 놓고서는 한참을 즐겁게 주무르는 모습은 정말 신기하단다.

함께 노는 친구들의 작은 반응에도 눈을 마주치며 웃어주는 모습은 정말 귀엽단다.

너를 보며 아빠는 요즘 얼마나 순간을 사랑하고 사는지에 대해 스스로에게 물어본단다.

'엄마가 해주는 밥에 담긴 정성을 느끼는지, 경빈이의 맑은 눈동자를 보며 얘기하는지, 산책을 하며 아름답게 핀 들꽃을 감상하는지, 그윽한 향기를 맡으며 커피를 마시는지, 오랜 친구와 전화를 하며 친구의 웃는 모습을 상상하는지, 아름다운 음악을 들으며 미소를 짓는지.'

순간을 사랑하며 살아가는 너는 아빠에게 너무나 귀한 가르침을 주고 있단다. 고마워.

앞으로 어떤 일을 하든 지금처럼 순간을 사랑하길 바래.

순간을 사랑한다는 것은 어깨에 힘이 들어가는 부담스러운 것이 아니란다.

그저 지금 너에게 주어진 일을 즐기고 사랑하는 거란다.

그럴 때 너는 진정으로 너의 일에 몰입할 수 있게 된단다.

아빠의 표현으로는 "마치 아주 큰 우주 공간 속에서 나 혼자 고요히 이 일을 하고 있는 느낌."

때로는 어쩔 수 없이 해야 하는 일도 있지만, 그때에도 그 일의 의미와 가치를 긍정적으로 생각해보고, 한번 좋아해보는 것도 괜찮단다.

지금 하는 일을 사랑하렴. 그리고 순간을 사랑하는 행복함을 마음껏 느끼렴. 성공은 자연스레 너의 행복을 따를 거란다.

사랑쟁이 아빠가

가슴 아픈 날에는 그리고 눈물 나는 날에는!

살면서 가슴 아픈 날에는 그리고 눈물 나는 날에는 조용한 곳으로 잠시 자리를 옮겨 보렴.

편안히 호흡을 하며, 자연의 내음을 맡으며 산책할 수 있는 곳이면 참 좋을 거 같아.

고요히 눈을 감고 오른손으로 차가워진 너의 심장을 부드럽게 어루만져주렴.

'많이 아프지? 괜찮아. 다 지나갈 거야. 아무리 누군가가, 아무리 그 무엇이 나를 아프고 힘들게 해도 난 스스로 행복을 결정하는 사람이야.'

심장이 조금씩 따뜻해지면 한결 편안해진 너의 마음을 느낄 수 있단다. 그리고 너를 아프게 한 사람을 조금이라도 이해하고, 용서할 수 있는 마음이 생길 수 있단다.

'그래. 이 상처는 어쩌면 나를 더욱 성장하게 해주는 우주의 선물일지 몰라. 이유 없는 사랑보다는 욕심을 앞세웠던 나에게 진정한 사랑의 의미를 가르쳐주는구나. 나에게 상처를 준 사람은 어쩌면 나보다 더 아픈 사람인지도 몰라. 그 사람이 참 행복했으면 좋겠다. 그리고 나

도 더 이상 아픔에 머물러 있지 않을 거야. 나는 지금부터 다시 사랑할 거야! 소중한 나 자신부터!'

이해와 용서의 마음은 너에게 새로운 희망과 비전을 가져다준단다.

'내가 너무 내 생각에만 빠져, 좁게 바라보고 감정적으로 일을 처리

했나 봐. 그래. 모든 책임은 나에게 있어. 앞으로는 좀 더 체계적이고 침착하게 일을 진행해야겠어. 아프기 때문에 나를 돌아볼 수 있는 이런 귀중한 시간을 가지는구나. 지금 아픔과 상처 속에 들어 있는 교훈이 나의 발전을 위한 새로운 아이디어일지도 몰라. 잘 찾아봐야겠어. 지난 일은 다 잊어버려!(아빠가 자주 하는 일상의 행복주문이야. Forget about it!!!) 이제 다시 멋지게 새로운 출발을 하는 거야! 오늘은 내 남은 인생의 첫 번째 날이야!'

너에게 편지를 쓰는 지금 이 순간, 영화 〈파도가 지나간 자리〉의 대사가 떠오르구나.

"누굴 증오하려면 매일같이 평생해야 하지만, 용서는 한 번만 하면 돼!"

아빠가 생각하기에 성숙한 어른이 되어간다는 것은 '어떤 어려움 속에서도 새롭게 시작할 수 있는 처음의 자리로 돌아오는 긍정의 힘을 키워나감'을 말한단다. 이 긍정의 힘을 '회복 탄력성'이라고도 부른단다. 지금은 그 뜻을 이해할 수 없겠지만, 울 경빈이가 성장하면서 네 인생에서 '회복 탄력성'이 갖는 중요한 의미와 가치를 자연스레 느끼게 될 거란다.

언제나 아빠는 너의 곁에 함께 있단다. 그러니 절대 두려워하거나 무서워하지 마렴.

네가 마주하고 있는 어려움을 정면으로 당당히 응시하자꾸나. 그리고 지혜와 용기를 가지고, 위기 속에서 기회를 찾아 더 높이 멋지게 뛰

어 오르자꾸나!

사랑하는 나의 아들, 경빈아!
살면서 가슴 아픈 날은 그리고 눈물 나는 날은
네 심장에 진정한 사랑과 새로운 희망을 가져다주는
감사의 날이란다!

사랑쟁이 아빠가

P.S. 매일의 새로움을 즐기는 경빈아! 아빠가 좋아했던 영화배우의 말을 소개할게.

슬픈 일은 없었으면 싶지만 그렇게 되지는 않죠. 슬픔의 목적은 우리를 변화시키기 위한 거예요. 행운을 빌게요. 그런 게 인생이니까요.

— 로빈 윌리엄스

사랑을 먹다!

경빈아!

오늘 아침, 네가 키운 방울토마토와 고추로 엄마에게 러브레터를 보냈단다.

사랑을 받은 엄마의 행복한 표정을 보니, 아빠도 기분이 너무 좋구나.

사랑을 받은 엄마는 행복하게 배부르고, 사랑을 보내 아빠는 즐겁게 배부르구나.

경빈이도 함께 사랑을 배부르게 먹어보자꾸나!

맛있는 사랑을 먹으면,
유머스러워진단다.
마음이 여유로워진단다.
용기가 생긴단다.
얼굴이 잘생겨진단다.
발걸음이 가벼워진단다.
지혜로워진단다.
행운이 따른단다.

따스한 친절을 베풀게 된단다.

따뜻한 손길로 많은 사람들의 아픔을 어루만지게 된단다.

아름다운 연인을 위해 사랑의 노래와 시를 부르게 된단다.

우정이 깊은 친구가 많아진단다.

소중한 사람들에게 맛있는 사랑요리를 선물받는단다.

어려움 속에서도 오히려 새로운 기회를 발견한단다.

내 가슴이 뛰는 운명적인 직업을 찾게 된단다.

빛나는 사랑빛 꿈의 신나는 모험을 즐기게 된단다.

사랑은 우리 인생 최고의 맛있는 음식이란다!

사랑쟁이 아빠가

P.S. 오늘 점심에는 특별히 '엄마를 위한 맛있는 사랑'을 먹으러 가자꾸나! 오늘 사랑요리의 메뉴는 '사랑하는 엄마! 브이 미소짓게 만들기!'란다. 하하하.

여기까지 온다고 고생했어!

사랑하는 경빈아!

언젠가 너무 힘들어 포기하고 싶을 때가 생기면, 오늘 아빠가 보내는 이 편지를 한 번 읽어보렴.

"우리 아들! 여기까지 온다고 너무 고생했어. 많이 힘들지? 아빠가 생각하기에 이제 네가 꿈꾸고 원하는 곳에 거의 다 온 거 같아. 아마 지금 보이는 길의 모퉁이를 돌면 그곳이 있을지도 모른단다. 조금만 더 힘을 내보자!"

"그래도 너무 힘들다면 그만두어도 괜찮단다. 비록 목표점이 거의 가까이에 있어도, 후회 없이 최선을 다했다면 지금 멈추어도 넌 충분히 훌륭하단다. 아빠가 늘 말했잖아. 과정에서 즐기고 최선을 다했으면 넌 이미 성공했다고 말이야! 그리고 지금의 길을 멈추는 것도 새로운 기회의 장이 될 수도 있단다. 휴식을 하며, 지난 길에서의 너를 차분히 돌아볼 수 있게 된단다. 그리고 새로운 길로 출발을 결심하고, 차근차근 준비할 수도 있단다. 새로운 길에서 전혀 예상하지 못했던 더 큰

가치와 아름다움을 발견할 수도 있는 것이 우리의 알 수 없는 인생이란다!"

"호흡을 편안히 하고 네 가슴의 소리에 귀 기울여보렴. '조금 더 힘을 내어 모퉁이를 돌지, 아니면 지금까지 온 거에 만족하고 멈출지.' 너의 선택을 온전히 책임지겠다고 다짐하면, 어떤 선택도 현명한 선택이 될 수 있단다. 인생에는 정답이 없기 때문이란다. 너의 선택이 결국 인생의 정답이 될 수밖에 없음을 기억하렴."

"아빠는 네가 자랑스럽단다. 우리 아들 너무 훌륭해! 더 이상 부담 갖지 말고, 너의 가슴이 이끄는 길로 첫걸음을 가볍게 내딛으렴!"

사랑쟁이 아빠가

네 마음의 창문은 어떤 모양이니?

창문이 참 예쁘지?
아빠가 여행을 하면서 너무 인상 깊어서,
사진으로 기억해두었던 창문이란다.

아빠는 문득 이런 생각이 들었단다.
'우리는 마음의 창문을 통해 세상을 바라본다는 것을.'

네 마음의 창문이 밝으면 세상도 밝고 희망차단다.
네 마음의 창문이 어두우면 세상도 어둡고 불안하단다.
네 마음의 창문이 동그라미면 세상도 둥글고 여유롭단다.
네 마음의 창문이 네모면 세상도 날카롭고 긴장된단다.

네 마음의 창문은 어떤 모양이니?

오늘은 별 모양을 그려서 지구별 친구들에게 아름다운 나눔의 빛을 뿌려보자꾸나.

내일은 하트 모양을 그려서 소중한 가족에게 기쁨과 사랑을 전하자

꾸나.

모레는 솜사탕 모양을 그려서 너의 여인에게 달콤한 배려를 선물하자꾸나.

네 인생의 모습은 네 마음의 창문이 그리는 모습이란다.

마음의 창문을 아주 빛나고 사랑스럽게 그리렴!

너의 인생도 '별같이 아름답고 따스한 사랑'으로 가득할 거란다!

사랑쟁이 아빠가

사람들이 뒤에서 하는 얘기는 아무런 가치가 없단다!

사람들이 뒤에서 너에 대해 이런저런 얘기를 할 때는
아마도 그들에게는 몇 가지 이유가 있을 거란다.

칭찬의 경우에는
하나, 너에게 아부(네 기분을 맞추려는 달콤한 이야기!)를 하려고 할 때.
둘, 할 일이 없어 너무 심심해서.

비난의 경우에는
하나, 네가 너무 멋져 질투할 때.
둘, 시간이 많아 너무 지루해서.

근데 뒤에서 하는 칭찬과 비난은 전혀 신경쓸 필요가 없단다.
한마디로 아무런 가치가 없는 것이란다.
지혜로운 사람은 가치가 없는 것에는 아무런 반응을 하지 않는단다.
그저 자신이 세운 목표를 향해 열정의 에너지를 쏟으며, 나아갈 뿐이란다.

네가 이렇게 질문할 수도 있을 거 같아.

"아빠. 왜 칭찬도 부정적으로 보는 거야?"

아빠의 대답은 말이야.

"뒤에서 너에 대해 얘기하는 사람이 과연 너에 대해 얼마나 제대로 알고 있을까?

너의 성공에 대해 정확히 알지 못하는 사람이 하는 칭찬은 진정한 칭찬이 아니란다. 단순히 너에게 잘 보이려고 하는 아부인 거야. 이런 아부는 너에게 자만심만을 가져다줄 수도 있어. 그리고 만약 너의 지금 성공이 곧 실패로 보일 경우, 그 사람은 너에게 더는 관심을 주지 않

는단다. 혹시라도 너는 거기에서 서운함이나 허탈감을 느낄 수도 있기에, 입에만 달콤한 칭찬에 마음을 빼앗겨서는 안 된단다."

열린 마음의 경빈아! 만약 누군가가 네 앞에서 당당히 비판을 한다면, 그 사람은 진심으로 너를 위해 가치있는 이야기를 하는 거란다.

그 사람의 비판을 현재 너의 부족한 점과 문제점을 가장 효과적으로 고칠 수 있는 좋은 기회라고 생각하렴. 정말 고마운 사람이란다. 입에 쓴 약은 몸에 좋은 법이란다. 네가 그 어떤 당당한 비판에도 열려 있다면, 너는 지속적으로 발전하며, 앞으로 나아갈 수 있단다. 그리고 그런 네 곁에는 참 괜찮은 친구들이 너와 함께 같은 길을 걷고 있을 거란다. 우리 경빈이도 누군가에게는 앞에서 당당히 비판할 수 있는 의연한(의지가 굳은!) 친구이길, 아빠는 기도한단다!

의연한 경빈아! 숨어서 하는 얘기는 아무런 가치가 없단다. 소중한 너의 일에만 집중하렴!

그리고 앞에서 당당히 하는 얘기는 너의 발전을 위한 진심의 조언임을 꼭 기억하렴!

사랑쟁이 아빠가

P.S. '배경빈'이라는 세상에서 가장 흥미진진한 영화에 아빠가 함께 출연할 수 있어서 너무 기뻐. 경빈이는 이 멋진 영화의 감독이자 주인공이란다. 네 영화를 너의 온전한 의도와 가슴속 목소리를 최대한 존중하며 만들어보렴. 그리고 너의 앞에서 당당히 말하는 진실된 조감독과 연기자들의 의견에도 귀 기울이구.

배움여행 버킷리스트!

아빠는 경빈이와의 자유로운 여행을 꿈꾼단다!

너와의 여행을 버킷리스트(꿈의 일기 또는 소망상자!)에 담아본단다.

아빠가 지은 버킷리스트의 이름은 '배움여행'란다!

'다양한 문화를 배운다'는 의미이기도 하고, '배씨 아빠와 아들의 지혜의 채움'이라는 의미이기도 하단다.(경빈아! 문화란 인간이 주어진 자연환경을 변화시키고, 생활을 보다 풍요롭게 하기 위하여 만들어낸 고유의 라이프스타일을 말한단다. 고유한 생각 · 행동과 관습을 담은 문화는 음악이나 미술, 춤과 문학 같은 예술분야에서 아주 잘 드러나게 된단다!)

하나. 캄보디아 씨엠립!

캄보디아의 아름다운 도시 씨엠립에서 압사라춤을 배우는 거야.(압사라는 힌두교 신화와 불교 신화에 나오는 구름과 물의 여자 요정이란다. 압사라춤은 신에게 바치는 춤인 거야.) 사실 아빠는 오래전에 외국인들을 위한 압사라 체험 프로그램을 아주 즐겁고 의미있게 경험했단다.(엄마하고는 이미 씨엠립을 함께 여행했지! 하하하!) 앙코르와트(12세기초 크메르 제국이 건설한 세계에서 가장 크고 아름다운 종교 건축물이란다!)라는 위대한 사원을 만든 크메르 민족의 역사와 종교적 전통이 담긴 압사라춤을 배우면서,

지구별 가족들의 다양한 문화를 존중하고 진지하게 받아들일 수 있는 열린 마음을 가져보는 것이란다. 경빈아! 마음이 열려 있을 때, 우리와 다른 문화에서 진한 감동을 받을 수 있단다. 감동을 받는다는 것은 내 마음의 행복한 모습이란다. 지구별 가족을 통해 행복을 얻었다면 얼마나 고마운 일이겠니?

독일의 위대한 시인 릴케는 프랑스의 조각가이자 근대 조각의 아버지라 불리우는 로댕이 그린 압사라 데생그림(〈캄보디아 무희〉)을 보고 다음과 같이 감동을 표현했단다.

"그녀들의 손바닥은 하늘을 향할 수도 있고, 손목을 구부려 영원한 침묵을 요구할 수도 있다. 손가락은 황홀경이나 고뇌에 사로잡힌 긴 팔의 끝에서 모든 것을 표현해낸다."

둘. 체코 프라하!

아빠와 엄마가 신혼여행을 다녀온 프라하에서 마리오네트 인형극(줄 인형극이라고 해!)을 배워보는 거야. 아빠가 엄마와 함께 중세 유럽의 분위기를 고스란히 간직한 프라하의 밤거리를 거닐 때, 아기자기한 인형가게가 눈에 들어왔단다. 안을 빼꼼히 들여다보니, 마리오네트 인형 조작법을 배우는 한 서양인 커플의 즐거운 표정이 매우 인상깊게 다가왔단다. 목각 인형들이 공연을 펼치는 마리오네트 인형극은 르네상스 시대부터 오늘날까지 유럽 곳곳에서 상연되었지만, 인형의 다채로움과 표현력에서 체코가 단연 최고란다. 마리오네트 인형극은 체코가 2차 세계대전 독일 점령기에도 스스로의 정체성을 지키는 데 큰 역할을 했다고 해. 정체성이라? 조금은 어려운 표현인데. 그런 거 있잖아. 어

려울수록 힘을 합치고, 기적을 만드는 대한민국의 고유한 특성처럼 체코인들이 생각하는 자기들만의 고유함인 거야! 지구별 가족들은 각자 문화의 자부심이 있고, 또 동시에 그 자부심을 지키기 위해 노력한단다. 경빈아! 우리가 자신의 문화에 대한 자부심을 갖는 것은 훌륭한 일이란다. 하지만 자부심이 지구별 가족들의 다른 문화에 대한 우월감으로 변해서는 안 된단다. 그저 다른 문화가 가진 '있는 그대로의 아름다움'을 아껴주면 좋지 않겠니? 마치 경빈이가 공부를 잘해서, 얼굴이 잘생겨서가 아니라 경빈이가 아빠와 엄마의 아들이라는 사실만으로도 너를 사랑하듯이. 고유한 역사와 환경에서 만들어진 서로의 문화를 있는 그대로 인정하고 아껴줄 때, 지구별은 평화로움과 사랑으로 가득할 거야.

셋. 노르웨이 베르겐!

지구별 아이들이 사랑하는 애니메이션 〈겨울왕국〉의 배경이자 피오르드 해안으로 유명한 자연의 도시인 노르웨이 베르겐에서 농장체험을 하는 거야. 2015년 봄, 유엔에서 발표한 「세계행복 보고서」에서 대표적인 국민행복 국가로 평가한 노르웨이에서도 가장 아름답고 평화로운 도시가 베르겐이란다. 아빠는 개인적으로 베르겐의 아이스크림을 무척 좋아한단다. 베르겐 아이스크림이 맛있는 이유는 농장에서 바로 나오는 신선한 우유와 계란을 재료로 사용하기 때문이란다. 베르겐의 농장에서 아빠랑 계란도 줍고, 젖소에서 젖도 짜보자꾸나. 베르겐의 아름다운 농장에서 진행하는 농장체험 캠프는 정말 만족도가 높다고 하더라구. 그 이유는 분명하단다. 자연 속에서 잊고 있었던 우리 주변의 소중한 것들을 다시 한 번 생각할 수 있기 때문이란다. 순수한 자연 속에서 편안해지는 마음, 매일 마시는 우유에 담긴 많은 사람들의 땀방울, 함께 일하는 부인의 머리에 꽃을 꽂아주면서 해맑게 웃는 노르웨이 농부의 모습.(우리는 일상에서 가족과 친구들에게 사랑표현이 어색해져서는 안 된단다!) 경빈아! 우리 노르웨이 베르겐에서 순수함과 행복함을 실컷 느껴보자꾸나. 순수한 자연 속에 있다 보면 너의 행복해진 마음은 곧 사랑하는 사람들의 고마움으로 이어진단다!

아빠의 버킷리스트가 너에게 재미있는 여행코스일지는 모르겠어.

그래도 다양한 문화를 경험하며, 너는 새로움을 두려워하지 않는 용기를 얻을 거라 믿어!

여행 속에서 많은 사람들과 만나고 헤어지며, 너는 가까이 있는 사람들의 소중함을 절실히 느끼게 될 거야.

어쩌면 여행은 지금 네가 있는 곳, 너와 함께하는 사람들에 대한 사랑을 확인하는 것일지도 모른단다.

지금은 아빠가 어린 너를 보호하고 교육해야 하는 시기이니까. 아빠가 주도적으로 여행을 계획하고 추진하는 것을 이해해주렴. 언젠가 네가 아빠와의 여행계획을 만든다면, 아빠가 너의 여행코스를 존중하고 즐겁게 따라갈게.

참. 근데 너무 육체적으로 힘든 여행은 좀 곤란하단다. 예컨대 히말라야를 등반한다던지 말이야. 하하하!

지구별의 사랑을 찾아 여행하는 경빈아!

네가 오늘 편지를 읽을 때 쯤이면, 너와의 '배움여행' 버킷리스트가 과연 얼마나 실현되었을까? 무척 궁금해지는구나. 아빠 생각에는 모두 다 이뤄졌을 것 같은데. 그리고, 너의 가슴에는 여행이 가져다준 사랑과 용기로 가득차 있을 거란다. 자! 우리 이제 승리와 행운의 브이를 그리며, 멋진 여행의 플랫폼으로 떠나자!

사랑쟁이 아빠가

아빠의 여행 수집품! 이제 경빈이도 함께 수집하자꾸나!

할아버지와 할머니의 지혜를 구해보렴!

사랑하는 경빈아!

언젠가 네게 고민스러운 일이 생겼을 때, 그리고 너 혼자의 힘으로 해결하기가 어려울 때는 한번쯤 할아버지와 할머니 그리고 외할아버지와 외할머니께 조언을 구해보렴.

할아버지와 할머니께서는 본인들이 가지고 계신 오랜 경험의 지혜(어떤 현상을 정확히 파악하고, 그 속에 담긴 원리를 이해하는 정신적 능력을 말한단다!)를 너에게 들려주실 거란다.
젊은 시절 겪으셨던 어려움과 실수가 너에게 다시 반복되지 않도록 도움을 주실 거란다.

물론 스스로의 힘으로 어려움을 극복하고, 씩씩하게 일어서는 법을 배우는 것도 가치가 있단다.

하지만 때로는 할아버지와 할머니께서 현명한 지혜로 너에게 올바른 인생의 방향을 제시해주신다면, 너는 보다 행복한 성공의 방향으로 인생의 돛을 올리게 될 거란다.

올바른 인생의 방향이란 무엇일까?

딱 떨어지는 정답은 없지만, 한 가지 분명한 것은 우리 지구별 가족들이 모두 행복해지기 위해 노력하는 사랑의 방향이라는 거야.

아빠가 아빠 할머니(경빈이에게는 증조할머니)께 들었던 올바른 인생의 방향은 한 문장으로 '사랑을 따라가라!'는 것이야!

사랑을 따라간다면 당연히 올바른 길로 가지 않겠니?

아빠는 지금도 어려운 일이 있을 때면, 아빠의 대처방향을 항상 사

랑을 향하게 한단다.

사랑을 향할 때, 이미 벌어진 어려운 일을 아빠의 발전을 위한 긍정적 신호로 생각하고, 적극적으로 대처할 수 있게 된단다. 또 나만의 이익과 욕심이 아닌 우리 지구별 가족들이 모두 행복해질 수 있는 최선의 방법을 찾게 된단다. 그렇다면 당연히 도덕적으로도 올바른 길을 갈 수밖에 없단다.

신기한 것은 사랑을 따라갈 때, 마음은 편해지고, 극복하려는 에너지가 불끈 생겨나게 된단다.

살다 보면, 나도 모르게 미움을 따라가는 유혹을 받을 때도 있단다. 그럴 때, 할아버지와 할머니가 말씀하시는 사랑의 지혜를 들으면, 마음의 중심을 바로잡게 된단다. 아마 너도 이런 느낌을 곧 알게 될 거란다!

사랑하는 경빈아!

힘이 들 때는 할아버지와 할머니의 지혜를 구해보렴!

사랑과 올바름이 가득한 할아버지와 할머니의 지혜가 너의 뜨거운 젊은 열정과 만났을 때, 넌 행복한 성공의 바람을 타고 멋진 인생의 항해를 할 거란다!

사랑쟁이 아빠가

P.S. 경빈아! 참 너 지난번에 외할아버지한테 연 날리는 거 배웠지? 할아버지가 하나하나 연을 띄우고 조종하는 법을 가르쳐주시는 모습을 보면서 아빠는 할아버지의 사랑을 배웠단다.

다름이 어울릴 때 창조적 아름다움이 탄생된단다!

함께하는 풍요로움을 꿈꾸는 경빈아!

다름이 어울릴 때 창조적 아름다움이 탄생된단다!

다름은 틀림이 아니란다. 더불어 함께해야 하는 것이란다.

서로 다른 것이 만나서 조화를 이룰 때, 정말 신기하고 재미난 것이 만들어진단다.

아들아! 때로는 너에게 익숙하지 않은, 또 때로는 거부감마저 생기는 것들도 마음을 열고 바라보렴. 분명 네가 가지고 있는 것과 결합하여, 생각하지도 못했던 다채롭고 창의적인 것들이 탄생할 거란다.

사진을 한번 보렴!

너와 엄마가 한 방향을 바라볼 때, 거울 속에 비친 다양한 빛깔의 조명들은 마치 두 사람을 위해 저녁에 뜬 신기한 무지개 같았단다.

홍콩의 야경은 각기 다르게 생긴 건물들이 내는 빛의 오케스트라 같지 않니?

우산은 너에게 어떻게 다가오니? 여행지에서 느꼈던 우산들이 뽐내

는 화려함과 찬란함이 지금도 생생하단다.

너무나 다른 색깔과 모양이 만나고 어우러졌잖아.

이상하니? 아님 특이하고 예쁘니?

아빠에게는 풍부한 색감과 개성 넘치는 모양의 우산이 마치 환상적인 예술작품으로 다가온단다!

다름은 다툼이 아니라 사랑으로 어우러져야 하는 것이란다.

사랑스러운 우리 지구별에는 수많은 다름이 존재하고 있단다.

‘다른 피부색, 다른 언어, 다른 음식, 다른 목욕방식, 다른 사랑표현, 다른 결혼문화, 다른 음악….’

아들아! 우리 다름을 포용하고 사랑하며, 지구별을 더욱 아름답고 풍요롭게 만들자꾸나!

사랑쟁이 아빠가

P.S. 1 아들아! 아빠에게 다가오는 가장 창의적인 사람은 남이섬을 상상과 동화의 섬인 나미나라공화국으로 만드신 강우현 선생님이란다. 서로 다른 것을 있는 그대로 존중하고, 그것들을 융합하여 새로운 아름다움과 따뜻한 휴머니즘을 찾으시는 디자이너란다. 너도 제주도에서 이분을 즐겁게 만났단다. 그때도 강우현 선생님은 자유로운 상상력이 현실로 나타나는 재미있는 것들을 너에게 보여주셨단다. 너는 신

기한 듯 계속 "와! 이게 어떻게 이렇게 되어요?"라고 탄성을 지었단다. 이번 주말에는 강우현 선생님의 저서인 『남이섬 CEO 강우현의 상상망치』를 함께 읽어보자구나. 톡톡 치면 팍팍 나오는 현장판 생각놀이를 경험하자꾸나!

P.S. 2 아래 글은 강우현 선생님께서 아빠 책(『중고등학생 성공스펙 11가지 전략아이콘: 배기표의 주니어 MBA』)에 쓰신 추천사란다. 일상의 사소한 것들을 소중히 생각하며, '더불어 살아가는 아름다움'을 만드는 이분의 따스하고 넓은 마음을 네가 충분히 느낄 수 있을 거란다.

상상은 자유입니다.

누구나 자신이 꿈꾸는 미래를 자유롭게 상상하다 보면 자신도 모르게 그 모습을 닮아갑니다. 꿈과 상상, 듣기만 해도 가슴이 뜨겁게 달아오르는 희망의 단어이지만 자주 물거품처럼 사라지기도 한답니다.

그래도 매일 똑같은 꿈을 꿀 수 있을 만큼 상상의 날개를 계속해서 접었다 폈다 하는 것이 좋습니다. 상상 속의 모습으로 변신할 수 있기 때문이지요.

CEO가 되는 상상도 그렇습니다.

처음부터 CEO는 없습니다.

아주 작은 일, 일상의 사소한 일들에 눈길을 주는 것부터 시작해보는 것도 좋습니다. 먹고 자고 일어나서 하루를 보내는 일상 속에서 만나는 아주 작은 경험들이 자신의 것이라고 느껴질 때, 누군가에게 나의 소중한 경험을 나누어 주고 싶다는 자신감이 살아나기 시작할 때, 어느 사이엔가 자신을 따르는 친구들이 생겨날 수 있겠지요.

"나랑 함께할래?"

이 한마디를 따르면서 함께 가는 친구들이 늘어나면 자신도 모르는 사이에 CEO의 길에 들어서 있음을 느끼게 될는지도 모릅니다.

일상의 소중한 경험들, 보고 듣고 만지고 느끼는 하루하루의 체험들을 사랑해보고 싶지 않으세요?

우리 『중고등학생 성공스펙 11가지 전략아이콘: 배기표의 주니어 MBA』와 함께 즐거운 상상이 넘치는 일상의 놀이를 만들어보아요!

강우현(상상을 현실로 옮겨 남이섬을 변화시킨 상상놀이 경영자)

최고의 멋쟁이는 말이야!

아빠가 생각하는 최고의 멋쟁이는 말이야!

사랑이 가득한 사람이란다!

너의 예쁜 마음이 순수한 사랑으로 가득할 때, 지구별에 숨겨진 아름다움을 발견할 수 있게 된단다. 사랑하는 사람들에게, 너만이 느낄 수 있는 아름다움을 소개하는 순간, 너는 이미 멋쟁이란다.

뜨거운 태양 아래 농부의 그을린 피부에서 '일상 속 위대한 영웅'을.

붉은 노을이 눈부신 아프리카 동물들의 눈망울에서 '소중한 지구별

생명'을.

캄보디아 앙코르와트에서 엽서를 파는 아이들의 조막손에서 '더불어 살아가는 삶의 지혜'를.

인도 갠지스강에서 목욕하는 사람들의 진지한 모습에서 '아름다운 마무리'를.

아름다운 한국의 전통문화를 보존하는 사람들의 열정에서 '진정한 성공의 의미와 가치'를.

매일 아침 부시시한 엄마의 머리에서 '헌신적인 엄마의 사랑'을.

남들이 보지 못하는 지구별의 숨겨진 아름다움을 발견하고, 함께 나누는 경빈이는 사랑의 빛깔을 뽐내는 최고의 멋쟁이란다!

사랑쟁이 아빠가

아빠에게 파라다이스란?

사랑하는 경빈아!

아빠에게 파라다이스란?
눈부신 석양이 지는 나른한 늦은 오후에
빨래줄에 걸린 이불 사이로 흐르는 햇살을 맞으며
해맑게 장난감 놀이를 하는 너와

너의 서투른 손동작을 흐뭇하게 지켜보는 엄마와
발가락을 꼼지락하며 하품을 연신하는 아빠가
함께하는 우리 가족의 지금 이 순간 그리고 지금 여기!

사랑쟁이 아빠가

P.S. 경빈아! 언제든 아빠 등에 기대어 쉬렴. 아빠 등은 넓은 그늘을 만들어서, 뙤약볕으로부터 경빈이와 엄마가 편안하고 안전하게 쉴 수 있도록 항상 준비되어 있단다. 어쩌면 우리 가족 모두가 함께하는 모든 순간이야말로 진정한 파라다이스일 거야.

인생이라는 여행을 조심은 하되 두려워하지는 마렴!

아들아!

살다 보면 정말 기억에 오랫동안 머무르는 말이 있단다.

문득 펼친 에세이 책에서, 오랜만에 연락온 친구의 전화에서, 여행에서 우연히 만난 사람의 이야기보따리에서.

아빠가 시카고 여행을 했을 때, 잠시 가이드를 해주었던 한 유학생의 말이 아직도 잊혀지지 않는단다.

"여러분! 저도 시카고에 처음 왔을 때는 영화 속의 무서운 시카고만 생각하고 무척 겁이 났습니다. 하지만 겁만 내다 보면 갇혀서 아무것도 하지 못하잖아요. 낯선 곳으로의 여행을 조심은 하되 두려워하지 마세요. 그래야 여행을 온전히 여러분의 것으로 만들 수 있습니다. 우리 인생! 즐기기에도 너무 부족한 시간이잖아요. 시카고를 여러분의 것으로 만들고 가세요!"

이 말은 아빠의 인생에 정말 큰 영향을 주었단다.

아빠가 한 번도 가지 않은 길을 갈 때 걱정이나 두려움을 친구로 두지 않게 된 것이야. 새로운 것에 적절한 주의를 기울이면서도, 호기심을 갖고 즐기게 된 것이란다.

아빠의 경험으로는 말이야. 특히 '내가 사랑하는 길' 그리고 '옳은 길', '더불어 함께 살아가는 길'이라면 절대 두려워할 필요가 없단다. 왜냐면? 사랑의 길에서는 천사가 언제나 우리를 돕기 때문이란다.

아들아!

네가 걱정을 하게 되면, 몸은 굳어지고 마음은 좁아지게 된단다. 그러면 어떻게 되겠니?

당연히 적극적인 에너지는 줄어들 거란다. 또 너의 눈에도 아름다움이 많이 들어오지 않게 된단다.

너의 마음이 지금 이 순간에 머무르지 못하고 떠돌아다니는 거란다.

행복하지 않은 여행을 하게 되는 거야.

하지만 주의를 하면서도 즐기게 되면, 어느 정도의 안정감 속에서 몸은 자유로워지고 마음은 넓어지게 된단다.

자유로움은 너의 발걸음을 가볍게 하고, 지구별의 아름다움을 마음껏 찾게 할 거란다.

아마 그 순간 너의 얼굴에는 행복한 미소가, 그리고 마음에는 평온함이 가득할 거란다.

인생이라는 소중한 여행에서 흥겨운 콧노래와 싱글벙글한 유머가

너의 친구가 될 거란다.

아들아!

네 인생의 낯선 여행길을 걱정하지 마렴.

문을 나서면 여행길의 가장 어려운 관문은 지난 셈이란다.

힘차게 너의 첫 걸음을 내딛으렴!

사랑쟁이 아빠가

아름다운 마무리를 하렴!

아빠는 찬란하게 떠오르는 아침의 태양를 좋아한단다. 그리고 붉은 빛을 잔잔히 간직한 저녁 노을을 더 좋아한단다.

뭐랄까? 차분한 저녁 노을을 보고 있으면, 마치 하루가 그리고 우리 인생이 아름답게 마무리된다는 느낌이 든단다.

경빈아! 노을처럼 마무리가 아름다워야 한단다. 어떤 일에 있어서 그리고 어떤 관계에 있어서 말이야.

아름다운 마무리란 잔잔한 감동이 있는 끝맺음인 거 같아. 너에게 그리고 상대에게 말이야.

잔잔한 감동은 끝맺음의 성공과 실패라는 결과가 아닌, 마지막까지 보여주는 자신의 책임있는 모습에 달려 있는 거 같아.

네게 주어진 책임과 의무를 다하고, 어떤 결과에 대해서도 온전히 네가 책임질 수 있는 마음의 자세를 가져야 한단다. 함께한 상대에 대한 원망이나 비난에 빠져서는 안 된단다. 네가 보기에 상대의 문제나 잘못이라고 판단되는 것도 자세히 보면 너에게 그 원인이 있을 수도

아름다운 마무리는 새롭고 설레는 시작의 길로 이어진단다.

있단다. 어쩌면 네가 가진 욕심이나 성급함이 상대의 그런 잘못을 이끌었는지도 모른단다. 이렇게 책임의 자세를 가질 때, 너는 이미 과정에서 귀한 인생의 가르침을 배울 수 있고, 상대방도 너의 순수한 노력을 인정하고 인간적인 믿음을 쌓을 수 있게 된단다. 때로는 상대가 너의 성숙한 모습에서 자신의 잘못을 진정으로 반성하고 너에게 용서를 구하기도 한단다.

아름다운 마무리는 어쩌면 또 다른 시작의 씨앗을 품은 것인지도 모른단다. 잔잔한 감동이 담긴 신뢰는 새로운 도전을 위해 다시 힘을 뭉치게 할 수도 있단다. 그리고 그때의 함께하는 힘은 엄청난 능력을 발휘하게 된단다. 물론 더욱 지혜로워진 너는 스스로 새로운 도전을 할 수도 있을 것이며, 너와 새로운 길을 함께 갈 수 있는 더욱 멋진 상대가 나타날 수도 있단다.

완벽하지는 않더라도 아름다운 마무리를 위해 노력하렴!

너는 진정한 친구를 얻을 것이란다. 그리고 지혜로운 시작의 문을 열게 될 것이란다!

사랑쟁이 아빠가

힘이 들 때면 아빠와 엄마의 손을 꼭 잡으렴!

사랑하는 나의 아들 경빈아!

아빠와 엄마는 늘 너의 손을 꼭 잡을 준비가 되어 있단다!

못다한 일이 눈물나도록 안타까울 때. 못다한 사랑이 몸서리치도록 그리울 때.

인생의 무섭고 높은 파도와 산을 만나 힘이 들 때면, 언제든 아빠와 엄마의 손을 꼭 잡으렴!

아빠와 엄마의 손에 새겨진 사랑의 지문 물결이 용기와 희망의 파동을 일으켜 너에게 전해지기를 바란단다!

아빠와 엄마는 가슴 깊이 너를 사랑한단다!

사랑쟁이 아빠가

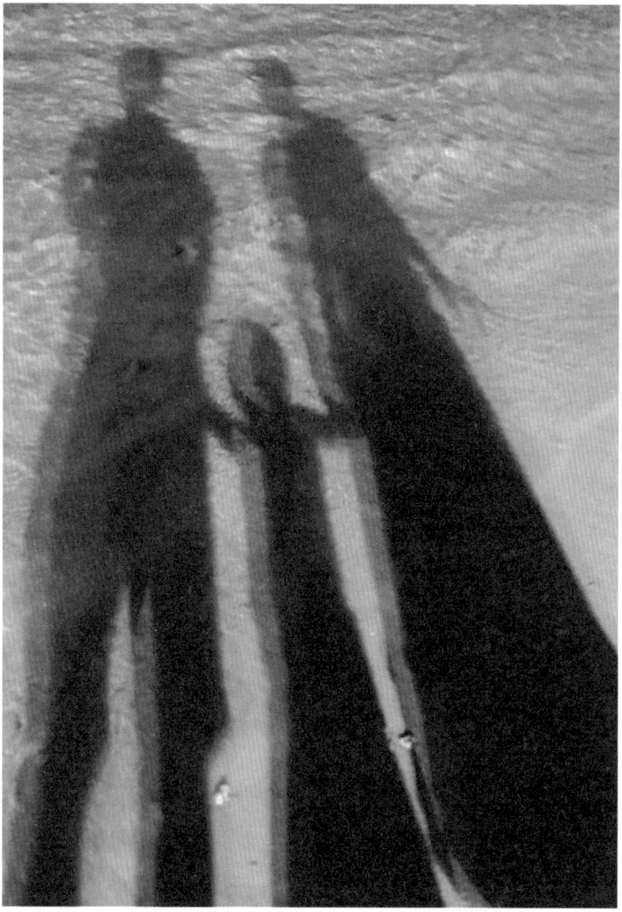

남태평양 바다의 물결을 보며, 너의 두 손을 꼭 잡았단다.
아빠와 엄마의 손에 새겨진 사랑의 지문 물결이 지금 이 순간 파동을 일으켜,
언젠가 용기와 희망이 필요한 너에게 도착하기를 기도했단다!

가슴의 목소리를 담아 색칠하렴!

사랑하는 아들아!

우리의 지구별에는 가슴의 목소리를 담아 색칠하는 사람과 그렇지 않은 사람으로 나뉘는 거 같아.

어쩌면 이것이 가슴 뛰는 즐거운 인생과 그렇지 않은 인생이 결정되는 법칙인지도 몰라.

가슴의 목소리를 담아 네 인생을 아름답게 색칠하렴!

사랑쟁이 아빠가

P.S. 가장 너답게, 그리고 네 가슴이 이끄는 삶을 살 때, 너의 인생은 자연스레 존재의 이유를 찾아가며 세상 어디에도 찾아볼 수 없는 고유한 명작이 되어갈 거란다.

이유 없는 행운은 존재하지 않는 거 같아!

사랑하는 경빈아!

세상엔 이유 없는 행운이라는 것은 존재하지 않는 거 같아!

행운이라는 것은 착한 너를 돕는 천사가 흔적을 남기지 않은 거 같아!

천사는 네가 착한 일을 할 때, 너를 말없이 도울 거란다!

좋은 씨앗을 심으면 멋지고 맛있는 열매가 열리고, 나쁜 씨앗을 심으면 좋지 않은 열매가 열리는 원리란다!

네가 착하게 살아갈 때, 네가 좋은 인생의 씨앗을 심을 때, 천사는 너에게 매일매일 신기하고 행복한 '우연의 마법'을 부릴 거란다!

경빈아! 맛있는 열매를 먹을 준비가 되었니?

사랑쟁이 아빠가

행복이란?

행복이란?

어린이와 강아지의 순수한 우정 같은 거!

사랑쟁이 아빠가

P.S. 오늘은 우리 집에 두 번째 강아지인 별이가 온 날이야. 경빈이가 처음으로 별이를 안고 있는 모습이란다. 참, 별이 이름은 너가 지어준 거야. 아빠는 몇 해 전 무지개 다리를 건넌 대박이가 귀여운 별이를 우리 집으로 안내해준 거 같아. 우리 별이랑도 대박이처럼 정말 멋진 추억 많이 만들자. 대박아! 그리고 별아! 사랑해. 그리고 고마워.

누군가를 미소짓게 한다는 것!

사랑 가득한 경빈아!

누군가를 미소짓게 한다는 것은
누군가에게 사랑의 꽃을 선물하는 거란다!

어떤 사랑의 꽃들이 있을까?
엄마를 위한 사루비아 같은 즐거운 유머

아빠를 위한 맨드라미 같은 귀여운 장난
동생을 위한 나팔꽃 같은 시원한 양보
연인을 위한 데이지 같은 편안한 배려
친구를 위한 코스모스 같은 푸근한 위로
선생님을 위한 수선화 같은 따뜻한 친절

아마도 이쁜 사랑의 꽃들은 무척 많을 거란다!

튤립처럼 환한 미소의 경빈아!
많은 사람들에게 사랑의 꽃을 선물하렴!

사랑의 꽃내음이 그들을 미소짓게 할 거란다!

사랑의 꽃을 선물하는 사람에게는

꽃향기가 더욱 가득 배어 있단다!

너는 사랑향기 가득한 꽃보다 아름다운 사람이란다!

사랑쟁이 아빠가

신이란 무엇일까?

오늘 아침에는 문득, 네가 아빠에게 이렇게 질문하는 것을 상상해 본단다!

"아빠! 신은 있는 거야? 신이란 뭐야?"

그냥 아빠는 아마도 이렇게 직관적으로 얘기할 거 같아.

"아빤 신이 있는지, 없는지는 모르겠어. 하지만 아빠는 신이 있다고

믿고 싶어. 만약 신이 있다면 분명 신은 '사랑이 가득한 분'일 거야! 네가 힘들 때는 너에게 따스한 위로를 건네는 천사를 보내주실 거구. 또 네가 착한 일을 했을 때는 천사를 통해 선물을 주실 거야. 아빠가 일상에서 느끼는 기적이 어쩌면 신의 조용한 위로나 선물인 거 같다는 생각이 든단다. 참! 아빠는 신을 '사랑이 가득한 우주'라 부른단다!"

네가 만약 종교가 필요하여 선택의 고민에 놓인다면, 다음의 기준을 가졌으면 해.

첫 번째는 나와 다른 종교를 포용할 수 있어야 한단다. 사랑이 가득한 분인 신은 어떤 조건과 상관없이 지구별의 모든 생명을 있는 그대로 아끼시지 않을까? 두 번째는 지구별이 조금이라도 더 나아지도록 노력할 수 있어야 한단다. 아프고 소외된 사람들을 어루만지고, 자연을 보호하는 것들 말이야! 세 번째는 종교의 가르침을 통해 나 자신의 마음이 착하고 밝은 방향으로 가는지 항상 스스로 관찰할 수 있어야 한단다. 종교가 네 인생의 무거운 목적이 아니라 가볍고 즐거운 동반자면 좋지 않겠니? 지혜로운 동반자와 함께 걷다 보면, 넌 사막에서 길을 잃어버려도 별자리를 통해 바른 길을 갈 수 있단다! 행복한 동반자와 함께 걷다 보면, 넌 지루한 길에서도 재미를 발견하고, 즐거운 콧노래를 부르며 길을 갈 수 있단다!

경빈아! 아빠도 간혹은 신이 없다는 생각이 들 때도 있단다.

음, 그럴 때 있잖아. 사람들을 아프게 한 정말 나쁜 사람이 너무나 아무렇지 않게 사는 모습을 볼 때 말이야. 나쁜 사람이 신의 벌과 고통을 받기는커녕 또 다른 죄를 지으면서 당당히 사는 모습을 볼 때면, 신

이 과연 우리 곁에 있는지 의심하게 된단다. '조용히 침묵만 하는 신이라면 그분이 진정한 신일까?'라는 생각이 드는 거야.

그런데 어느 날 문득 아빠는 이런 생각이 들더라구.

'신이란 사랑이 가득한 분이야. 아마도 그분은 벌을 주시는 것을 좋아하시지 않을 거야. 단순히 벌을 받는다고 나쁜 사람이 자신의 죄를 뉘우치지도 않을 거야. 신은 시간이 걸리더라도 나쁜 사람이 진정으로 잘못을 느끼고, 용서를 구하는 기회를 주시는 거야.'

글쎄. 그냥 아빠는 신이 있다고 믿는 것이 아빠의 인생을 더욱 평온하고 풍요롭게 만드는 거 같아.

경빈이에게 아빠는 '사랑이 가득한 신을 인생의 멋진 동반자로 두는 것도 참 괜찮은 거 같다!'는 얘기를 해주고 싶구나.

신의 따뜻한 손을 잡고, 사랑을 향해 나아가렴!

사랑쟁이 아빠가

처음이라는 인생의 보석!

우리 인생의 보석은 어떤 것들이 있을까?

사람들마다 자신만이 소중하게 생각하는 아주 다양한 보석이 있을 거야.

성공이라는 보석, 사랑이라는 보석, 우정이라는 보석, 가족이라는 보석, 애국심이라는 보석, 봉사라는 보석, 개성이라는 보석, 아름다움

이라는 보석, 지혜로움이라는 보석, 도전이라는 보석.

지금 이 순간, 아빠의 보석상자에 고이 간직하던 아빠만의 보석들을 잠시 꺼내볼까?

네가 지구별에 태어나던 날, 처음으로 너를 조심스레 안고 찍었던, 아빠의 감동스러운 표정이 담긴 사진.

너와 처음으로 갔던 디즈니랜드의 입장티켓.(그렇게 네가 가고 싶어했던 디즈니랜드에서 너는 그렇게 잠을 많이 잤단다. 하하하.)

네가 처음으로 두발 자전거를 타던 감격스러운 날의 사진.

초등학교 1학년 1반 배경빈 어린이의 쑥스러운 모습의 사진.

엄마로부터 처음 받은 설레임 가득했던 연애 편지.

책을 좋아하셨던 아빠의 할머니(경빈이 증조할머니!)께 아빠가 처음으로 돈을 벌어 선물해드렸던 돋보기 안경.

아빠의 상상력을 키워주었던 그리고 처음으로 끝까지 읽었던 책, 『허클베리 핀의 모험』.

매일매일 들어도 늘 아빠의 마음을 편안하게 해주었던, 아빠가 처음으로 가사를 외웠던 팝송인 플라시도 도밍고와 존덴버의 〈Perhaps Love〉 LP판.

군대 훈련소에서 처음으로 부모님(경빈이 할아버지와 할머니!)께 썼던 눈물의 편지.

참! 아빠의 보석상자는 어릴 적, 할아버지와 함께 만든 태극기 보관함이란다! 단단한 오동나무로 만들었고, 표면에는 멋있게 태극기를 그렸단다!

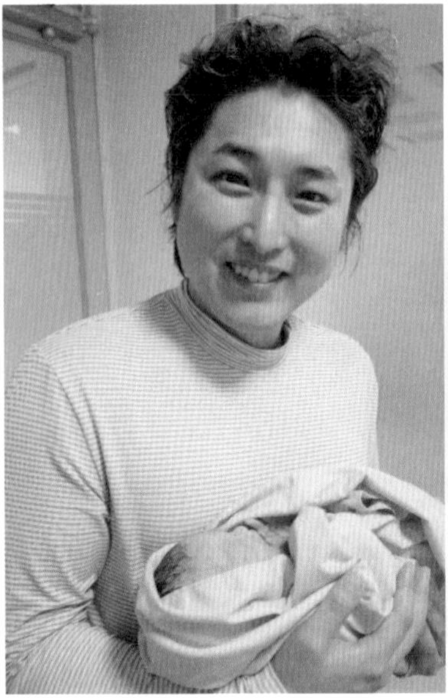

아들아! 아빠의 보석들은 너에게 어떤 느낌으로 다가가니?

찬찬히 보니, 아빠의 보석들은 모두 다 아빠에게 '처음의 의미'를 가지고 있구나. 비록 서툴고 부족하더라도, 설레임을 간직한 처음은 그만큼 잊혀지지 않는단다.

알퐁스 도데의 눈부시도록 아름다운 소설 「별」을 읽으며, 아련하지만 따스한 첫사랑의 추억을 기억하는 것처럼. 어쩌면 우리 인생의 보석은 화려한 성공이 아니라, 풋풋함과 두근거림이 담긴 처음의 추억일 수도 있는 거 같아!

아들아! 처음을 행복으로 생각하렴! 처음을 아름다운 별로 생각하렴! 처음을 네 인생의 소중한 보석으로 생각하렴!

사랑쟁이 아빠가

P.S. 경빈아! 먼 훗날, 1학년 1반 네 책상 앞에 서 있는 사진을 보며 '내가 왜 초등학교 입학식날 마스크를 쓰고 있지?'라고 궁금해질 수도 있을 거야. 매우 위험한 코로나 바이러스로 우리 모두는 마스크를 끼고, 조심하는 시기여서 그랬단다. 사실 네가 1학년을 다닐 때는 학교에 많이 가지 못하고, 대부분 인터넷으로 수업을 받았단다. 친구들과 자주 만나지도 못하고, 뛰어놀지도 못해서 아빠는 너무 안타까웠단다. 그리고 많은 사람들이 코로나로 인해 무척 힘들어하고 있었단다. 아빠는 우리 사회가 서로를 아끼고 보다듬으며, 이 코로나 바이러스를 극복하길 기도했단다. 아빠의 기도내용은 아빠의 「코로나 극복의 연금술」이라는 칼럼에서 네가 엿볼 수 있을 거란다.

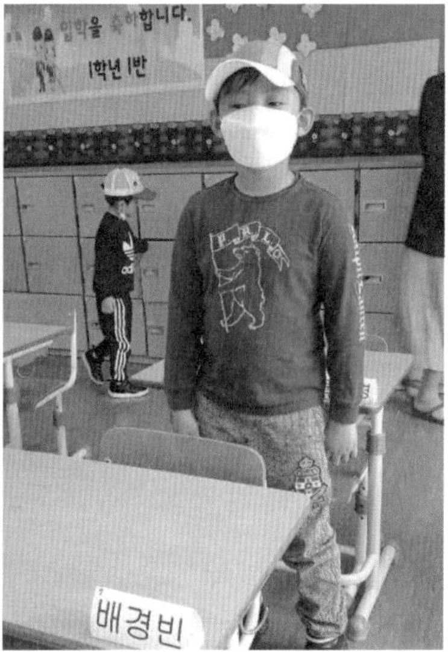

사랑쟁이 아빠칼럼

코로나 극복의 연금술

"인생은 생각할수록 아름답고 역사는 앞으로 발전한다."

오랜 단골 카페 창문에 붙여진 글귀가 오늘에서야 눈에 들어왔다. (나중에 알게 된 사실이지만, 이 글귀는 한 전직 대통령의 귀한 말씀이었다.) 정확히 말하자면 가슴에 스며들었다. 시린 가슴을 어루만져주는 너무나 따뜻한 울림의 문장이기에 그 자리에서 한참을 응시할 수 밖에 없었다. 아메리카노를 주문하면서, 사장님께 "요즘 많이 힘드시죠"하면서 조심스레 위로를 건네었다. 사장님은 말하신다. "어떻게든 견뎌야죠. 참 사는게 힘드네요. 이제 곧 코로나 극복될 거라 믿어요. 근데 50년 정도 인생을 살다보니 언젠가 이 고통도 삶의 아름다운 추억으로 기억될 거예요."

긍정적인 삶의 태도를 가지신 사장님의 말씀을 듣고 어쩌면 이분이야말로 지치고 힘든 우리 사회를 디딤돌처럼 견고히 지탱해가는 일상의 위대한 '서번트 리더(Servant Leader·헌신적 희생과 봉사의 리더십)'라는 생각이 들었다. 동시에 코로나 시대를 함께 버티어 나가는 우리 대한민국의 국민이 언젠가 소주잔을 기울이며 IMF 시기처럼, 지금 이 코로나 시대를 회상하며 그 시절 우리 힘들었지만 "함께 견디고 이겼노라"고 외칠 것이라는 희망을 상상하게 되었다.

요즘 우리 모두는 정말 지쳐 있다. 사회적 거리두기만큼, 사람 사이마저 코로나 바이러스가 스며든 것처럼 차갑고 매서워지고 간격이 커졌다. 인간으로서 자유와 평등을 위해 시민을 하나로 뭉치게 만들었던 프랑스혁명의 프라테르티네(Fraternity)의 뜨거웠던 형제애 그리고 IMF 시기에 방송국 앞 긴 줄을 서가며 함께했던 금모으기 운동이라는 따스했던 동포애처럼 우리는 이제 '이해와 배려 그리고 감사의 인간애'가 우리 사회에 가득해야 하는 상황인 것이다.

『멘탈의 연금술』을 쓴 보도 섀퍼는 "위기를 극복하고 그 위기 속에서 기회를 발견하고 발전하려면, 우리는 벽에 부딪힐 때마다 가장 먼저 고맙다고 말해야 한다"고 주장한다. 어쩌면 우리는 이미 이 힘든 코로나 시대를 함께 기대어 살아가는 서로에게 어떤 이유 없이 존재 자체로 고마워할 것이다. 서로의 도움과 희생 없이는 결코 우리는 홀로 지금을 버티어 나갈 수 없을 테니 말이다. '코로나'라는 고통과 어둠의 에너지를 통해 우리는 역설적으로 그동안 잊고 살았던 함께하는 희망과 생명의 소중함을 감사히 느끼는 것이다. 코로나 치료를 위한 헌신적 희생의 의료진들, 힘든 사업 여건 속에서 묵묵히 정부정책을 따르며 자신의 자리에서 희생을 감수하는 자영업자 여러분들, 미래 세대의 주인공을 위해 밤을 세워가며 원격수업 콘텐츠를 준비하는 선생님들,

이루 셀 수 없는 일상의 고마운 서번트 리더들을 생각하며 우리는 이제 서로를 진한 인간애로 대해야 하는 것이다. 인간애는 우리 모두의 힘을 순수히 그리고 온전히 모으는 구심력이 되어, 위기극복의 강력한 집단지성을 만들어내 결국 기적을 창조할 것이다.

2021년의 새로운 에너지인 봄을 맞이하고 있다. 우리는 믿는다. "우리 사회에 따스한 인간애가 가득하다면 더불어 살아가는 우리의 인생은 참 아름답고, 우리가 함께 만드는 역사는 멋들어지게 발전할 것이다." 존재 자체로 감사한 우리 대한민국의 모든 국민에게 '코로나 극복'이라는 힘찬 응원의 메시지를 전한다.

황금의 문

사랑하는 경빈아!

사랑쟁이 아빠가 가장 좋아하는 시는 에멧 폭스라는 사상가가 쓴 「황금의 문」이란다.

'사랑이야말로 지구별에서 가장 위대하고 강력한 힘'이라는 메시지를 담은 시란다!

사랑은 황금의 문처럼 찬란하단다. 사랑을 통해 너는 모든 것에 희망과 긍정의 빛을 비출 수 있단다!

사랑은 황금의 문처럼 고귀하단다. 사랑을 통해 너는 모든 것을 포용할 수 있고 기쁘게 나눌 수 있단다!

사랑은 황금의 문처럼 강하단다. 사랑을 통해 너는 모든 것을 지키고 보호할 수 있단다!

황금의 문

— 에멧 폭스

사랑은 공포를 몰아낸다.

사랑은 온갖 죄를 덮어준다.

사랑은 그 누구에게도 지지 않는다.

충분한 사랑이 정복할 수 없는 어려움이란 없다.

충분한 사랑이 이겨낼 수 없는 질병은 없고,

충분한 사랑이 열 수 없는 문은 없고,

충분한 사랑이 건널 수 없는 바다는 없고,

충분한 사랑이 무너뜨릴 수 없는 벽은 없고,

충분한 사랑이 구제할 수 없는 죄는 없다.

문제가 아무리 깊이 자리 잡고 있더라도,

아무리 미래가 어둡더라도 아무리 심하게 얽혀 있고 아무리 실수가 크더라도, 충분한 사랑은 그것 모두를 녹여버린다.

우리가 충분한 사랑을 할 수만 있다면

우리는 이 세상에서 가장 행복하고

가장 강력한 힘을 가진 사람이 될 것이다.

오늘 너에게 편지를 쓰는 순간, 아빠는 달콤한 라테를 마시고 있단다.

신기한 것은 사랑을 생각하고 있으니, 하트모양의 라테을 마시고 있네.

사랑은 이처럼 즐거운 일상의 행복을 만들어주기까지 하는구나!

사랑하는 아들아! 우리 매일매일 사랑이라는 황금의 문을 열자꾸나!

황금의 문 안에는 우리가 생각하지 못한 수많은 행복보석이 가득할 거란다!

오늘은 어떤 에메랄드빛 행복보석이 사랑 가득한 너에게 나타날지 기대되지 않니?

사랑쟁이 아빠가

P.S. 경빈아! 이 편지를 쓰는 2017년의 대한민국은 보수와 진보로 나뉘어 사회적 갈등이 심하단다. 아빠는 이 갈등의 조율을 위해서는 원칙과 공정의 법치주의가 존재해야 한다고 생각한단다. 여기서 그것은 가장 근원적으로 중요한 것인데, 이 법치주의가 제대로 실현되려면 사회 구성원 간에 존재 자체로서 사랑과 감사가 있어야 한다는 것이란다.

아빠는 오늘 너에게 편지를 쓰면서, 인권 운동가이자 노벨평화상 수상자였던 마틴 루터 킹 목사의 말씀이 떠오른단다.

"어둠으로는 어둠을 몰아낼 수 없다. 오직 빛으로만 할 수 있다. 증오는 증오를 몰아낼 수 없다. 오직 사랑만이 할 수 있다."

우리 대한민국에 사랑이라는 거대한 황금의 문이 들어서길 그리하여 서로를 포용하고 감사하며, 더불어 살아가길 소망하며, 아빠는 아래의 칼럼들을 썼단다.

사랑쟁이 아빠칼럼

잠자는 대한민국!
이제는 원칙 있는 조율이 필요하다!

"미움이 사랑으로 분노는 용서로, 모두 함께 손잡는다면, 잠자는 하늘님이여! 이제 그만 일어나요. 그 옛날 하늘 빛처럼 조율 한 번 해주세요."

차 안 라디오에서 〈조율〉이라는 노래가 들려온다. 문득 이 노래가 어쩌면 보수와 진보로 갈라져 잠자는 대한민국을 위한 우리 국민의 간절한 기도처럼 들려온다.

사무실에 돌아와 TV를 켜니, 해외 뉴스채널에서 미국이 4월 환율 보고서에서 대표적 대미 무역 흑자국이면서도 정치상황이 불안정한 한국을 시범 케이스로 지정할 가능성이 높다고 전망하고 있다.

사드 배치에 따른 중국의 한국에 대한 경제적 보복의 범위가 확산되고 있다는 뉴스가 뒤이어 나오고 있다. 지금 우리는 세계 경제전쟁의 한복판에 놓여 있는 상황이다.

하지만 우리 대한민국은 현재 리더십의 부재 상태이다. 불현듯 을미사변과 아관파천을 위시한 외세로 말미암아 열강 세력의 이권 침탈에 국론분열로 속수무책으로 당했던 구한말의 우리의 모습과 닮았다는 생각이 든다. 정신이 번쩍 든다.

문득, 얼마 전 피아노 조율을 해주었던 조율사의 얘기가 떠오른다. "수백 개의 부품으로 구성된 피아노의 복잡한 구조를 이해하고, 엄격한 원칙에 따라 조율해야 합니다. 그리고 동시에 각 건반은 다른 건반들과 함께 어울리는 화음 속에서 보다 정확한 음정과 음색을 찾을 수 있습니다." 조율의 핵심은 엄격한 원칙과 어울림이라는 얘기이다.

우리는 어떻게 하면 보수와 진보의 갈등으로 잠자는 대한민국을 제대로 조율할 수 있을까? 조개와 도요새가 서로 다투다 어부에게 함께 잡혔다는 방휼지쟁(蚌鷸之爭)을 막기 위해서는 조율의 기준이 반드시 있어야 할 것이다. 이를 위해서는 먼저 엄격한 원칙인 법치주의가 명확히 서야 한다는 것이다.

보수는 현재의 안정적 사회 시스템을 유지하고 지키는 데 최우선의 가치를 두는 것임을 인지한다면, 법치주의야말로 보수의 핵심가치인 것이다. 법치주의가 유지되고 강화되려면 공동체 구성원의 신뢰와 동의가 필요하다. 법이 모두에게 공정하고 투명하게 적용돼야 한다는 것이다. 공정과 투명성은 어울림을 만드는 진보의 핵심가치이기도 하다.

즉 법치주의라는 보수의 핵심가치는 공정과 투명성으로 대표되는 진보의 가치와 함께할 때, 그 지속 가능성이 부여되는 것이다.

지금 우리 경제의 대표적인 사회갈등적 이슈의 하나인 재벌개혁을 살펴보자. 가장 먼저 총수일가의 사익편취 금지규제 등을 담은 공정거래법 같은 관련 법규를 과거와 달리 엄격하게 적용해야 할 것이다.

동시에 관련 법규 적용의 공정성과 투명성의 지속적 확보를 위한 사회 모니터링 시스템 구축이나 스튜어드십 코드를 통한 국민연금 등의 적극적 의결권 기반의 사회책임투자 시스템 실행 등이 필요하다.

특히 이 과정에서 경영진을 견제할 수 있는 집중투표제 같은 주주중심의 개혁도 물론 중요하다. 주주중심의 개혁은 소유와 경영의 분리 및 이익중심 경영을 통한 배당의 확대라는 긍정적 영향도 있지만, 직원 복지 및 사회책임경영을 소홀히 할 수 있는 역설적 요건이 될 수도 있기 때문이다.

이에 주주를 비롯해 내부 직원 및 소비자, 하도급업체 등 기업의 밸류 네트워크 전체를 아우를 수 있는 범위까지 혁신참여의 어울림 폭을 확장해야 재벌은 근원적으로 개혁하고 새 가치를 창조할 수 있다.

특히 이에 대해 재벌개혁 부정론자들이 제기하는 경영간섭 및 이익추구 중심의 기업목적 상실의 문제는 융합적 그리고 무경계의 가치창조로 대표되는 4차 산업혁명 시기에는 더 이상 부각되지 않을 것이다.

보수와 진보 간에 공정과 투명성의 법치주의 그리고 어울림과 창조성의 이해관계자 자본주의라는 원칙 있는 조율로 지속 가능한 혁신을 이루어, 대한민국이 다시 깨어나 세계 속의 '다이나믹 코리아'가 되기를 기대한다.

K힐링! 그리고 감사!

"세상이 점점 더 좋아지는 건 부분적으로는 전혀 역사적이지 않은 자잘한 행동 덕분이다. 그리고 지금까지 그랬을 수도 있었던 것처럼, 당신이나 내가 세상을 살아가는 일이 그다지 고약하지 않을 수 있었던 것의 절반쯤은, 남에게 드러나지 않은 인생을 충실하게 살았으며 지금은 아무도 찾지 않는 무덤에 편안히 잠들어 있는 수많은 사람들 덕분이다."

영국의 작가인 조지 앨리엇의 장편소설인 『미들 마치(Middlemarch)』에 나오는 구절이다.

이번 추석, 가수 나훈아님에 의해 "이 세상은 평범한 일상 속에서 묵묵히 살아가는 우리 국민에 의해 움직여지고 있고, 그러하기에 우리 국민은 진정 고마운 존재이자 영웅"이라는 울림의 노래가 소설 『미들 마치』처럼 우리의 가슴을 진하게 울렸다. 평생 교육자로 사셨던 필자의 아버지는 나훈아님의 콘서트를 보며, 소주 한 잔을 벗삼아 눈시울을 붉히며 가사 한마디 한마디를 놓치지 않으며 읊조리고 있었다. 6·25와 산업화 그리고 민주화 이제는 코로나 펜데믹까지 급격히 변화했던 현대사를 온몸으로 느꼈던 아버지는 〈홍시〉를 들으며 어릴 적 어머니의 포근한 품을 오랜만에 느끼듯이 잠시라도 온전히 자신만의 추억을 어루만질 수 있었고, 〈사내〉를 들으며 한 가정의 가장으로서 또 우리 사회의 일원으로서 열심히 살아온 당신 자신에 대해 자긍심을 가질 수 있었던 것이었다.

소크라테스는 살아생전 스스로를 신이 보낸 쇠파리(Gadfly)라고 표현했다. 쇠파리가 동물을 따끔하게 톡 쏘며 잠에 취해 있지 않고 정신이 번쩍들게 하듯이, 소크라테스는 자신 역시 잠자던 인간의 이성을 일깨웠던 것이었다. 그가 말한 인간의 이성은 정의와 덕이 있는 지혜 기반의 합리적 사유를 말한다. 나훈아님의 '테스' 형의 노랫말은 어쩌면 우리에게 이 힘든 시절 앞으로의 두려운 인생을 알 수 없기에, 하지만 늘 그랬듯이 그저 묵묵히 정직하고 성실하게 평범한 일상에 최선을 다하며, 또 지금 이 순간인 오늘을 호탕에게 웃으며 맞이해보라는 역설적 용기의 메시지를 주는 것 같다. 마치 테스 형의 동생으로서 그리고 풍류의 소리꾼 철학자로서 대한민국을 함께 만들고 살아가는 소중한 우리 국민에게 말이다.

시선을 잠시 우리 사회 시스템으로 돌려보자. 우리는 '감사와 위로'가 실종된 시대에 살고 있다. 이번 나훈아님의 대한민국을 위한 위로와 힐링의 콘서트를 향한 우리 모두의 열광이 어쩌면 이제 사회 시스템 안에 적극 녹아들여야 하는 시점에 온 것이다. 우리 사회의 지속 가능한 성장과 더불어 살아가는 삶의 행복을 위해서는 공정하고 합리적인 경쟁 시스템을 기본으로 이 경쟁 시스템의 틀에서 벗어난 이들에 대한 따스한 어루만짐이 필요한 것이다. 그동안 치열한 경쟁 시스템 속에서 평생을 우리 사회에 공헌한 어르신들에 대한 제도적 감사가 있어야 할 것이고, 또 현재 경쟁에서 깊은 좌절을 경험하는 이들에게는 체계적 위로가 있어야 할 것이다. 어르신들이 자신의 고유한 경험과 지혜를 존중하며 지역사회의 봉사에 활용할 수 있는 '시니어 마스터 제도'나 사업실패를 경험한 이들을 위한 '리부팅 심리코칭 제도' 등 우리가 사회 시스템적으로 감사와 위로로 우리 국민을 보다듬을 수 있는 방법은 무수히 많을 것이다. 코로나로 모두가 지쳐 있는 이 시기에 K방역으로 불리우며 전 세계 방역 시스템을 선도하는 우리 대한민국이 한번쯤 이를 적극적으로 검토하길 바란다. 그리하여 K힐링으로 새롭게 상징되며, 사회 시스템적인 감사와 위로의 리더국가가 되기를 기대한다.

너의 조국 대한민국을 사랑하렴!

사랑하는 나의 아들 경빈아!

어디에 있던 항상 너의 조국은 대한민국임을 잊지 마렴!

지구별의 수많은 국가 중에, 네가 대한민국에 태어난 것은 어쩌면 오랜 역사를 가진 대한민국의 훌륭한 유물을 받도록 선택된 것이란다.

아빠에게 다가오는 대한민국의 가장 훌륭한 유물은 '소중한 지혜와 지식을 함께 나누기 위한 노력'이란다!

과거에는 지혜와 지식을 나누는 최고의 방법은 글로 쓰여진 책이란다!
(물론 아빠가 지금 편지를 쓰는 이 시대에는 책과 인터넷이 최고의 방법이란다.)

우리의 훌륭한 선조들은 많은 사람들이 글을 읽고 쓸 수 있도록 한글이라는 과학적 문자를 만들었단다.

그리고 많은 사람들이 책을 볼 수 있도록 금속활자라는 인쇄법을 세계 최초로 만들었단다.

대한민국이 너에게 준 훌륭한 유물을 너의 가족인 조국의 구성원에게 아낌없이 나누렴!

네가 행복하게 성장하는 데 도움이 된 인생의 지혜를 가치있게 나

아빠 사무실 책상위의 태극기.

눠주렴!

네가 잘 아는 지식이 조국의 발전에 조금이라도 도움이 된다면 기꺼이 알려주렴!

네가 멋있게 성장하여 활약할 시대에는 지혜와 지식을 나누는 매우 다양하고 신기한 방법이 생길 거 같아!

조국이 너에게 준 지혜와 지식을 나누는 데에만 머물지 말고, 고마운 조국을 위해 적극적으로 행동하렴!

조국이 어려움에 처해 있을 때는, 위기 극복의 앞에 서렴!

조국의 이익과 너의 이익이 갈등에 놓여 있을 때는, 조국의 이익을 위해 노력하렴!

언젠가 알 것이란다. 조국을 위한 행동이 결국 너를 위한 최선의 행동이었음을.

너의 뿌리가 대한민국에 있음을 기억할 때, 너는 올곧게 성장할 수 있을 거란다.

너의 뿌리인 대한민국을 사랑할 때, 너는 사랑의 가지를 길게 뻗어서, 지구별의 다른 국가들도 진정 사랑할 수 있게 된단다.

사랑쟁이 아빠가

P.S. 외국을 여행하다, 우연히 한국을 만나고 느끼게 되면 갑자기 조국이 그리워진단다. 우리 가족이 스위스 인터라켄 여행을 갔다가, 유럽의 최고봉인 융프라우에서 본 평창 동계올림픽 플래그야. 그때, 엄마랑 '대한민국에서 열리는 동계올림픽이 성공 개최하기'를 융프라우 설상에서 기도했던 기억이 새록새록 나는구나. 그리고 한국에 돌아와 평창 동계올림픽 성공의 바람을 담아 칼럼을 썼단다. 신문의 아빠 칼럼을 읽으신 여러 독

자분들께서 그동안 무관심했던 동계올림픽에 대해 한번 생각해볼 수 있는 좋은 기회가 되었다는 이메일을 보내주셨단다. 경빈이도 아빠 칼럼을 한 번 읽어보렴.

사랑쟁이 아빠칼럼

평창 동계올림픽은 그저 성공하지 않는다!

얼마 전, 스위스 인터라켄의 융프라우를 다녀왔다. 우연히 전망대에서 평창 동계올림픽을 알리는 작은 현수막을 발견했다. '누가 이 멀리까지 와서 평창을 알리고 싶었을까?'라는 생각이 들면서, 동시에 '난 우리나라에서 열리는 동계올림픽에 대해서 관심과 애정을 가지고 있지 않았구나!'라는 미안함을 느꼈다.

귀국해 정선, 영월, 평창 같은 주요 동계올림픽 장소를 여행했다. 무척 놀란 것은 생각보다 올림픽 분위기가 거의 나고 있지 않았다는 것이다. 예산문제인지는 모르겠지만, 올림픽 광고판이나 현수막이 부족해 보였다. 특히 일부 언론보도에서는 "현지의 비싼 숙박료 때문에 차라리 서울 특급호텔에서 자고 택시로 왕복하는 것이 더 경제적이다"는 냉소적인 기사마저 자주 보이고 있다.

이런 상황을 어떻게 하면 긍정적으로 전환하면서 평창올림픽을 성공적으로 이끌 수 있을까? 그건 다름 아니라 올림픽 정신에 부합하는 가장 올림픽다운 올림픽을 개최하는 것이다. "올림픽 대회의 의의는 승리하는 데 있는 것이 아니라 참가하는 데 있으며, 인간에게 중요한 것은 성공보다 노력하는 것이다"라고 쿠베르탱이 말했던 올림픽 강령 속에서 우리는 올림픽 정신을 단적으로 엿볼 수 있다. 올림픽 정신을 실천하는 섬세한 계획을 실천함으로써 전 세계인들에게 잊지 못할 감동과 추억을 만들어주자는 것이다.

첫째, 의미있는 참가자에게 참가 메달을 선사하는 것이다. 이번 대회에는 과거 우리 나라 쇼트트랙의 영웅 전이경 선수가 코치로 있는 싱가포르 쇼트트랙팀처럼 처음 동계올림픽에 참여하는 국가가 있다. 이들은 부족한 동계스포츠 인프라 속에서도 나름의 노력과 열정을 통해 올림픽에 참여하게 된 것이다. 이런 선수들에게 참가 메달을 선사하는 것이다. 개인적으로는 '올림픽 역사상 처음으로 참여한 선수 모두에게 상징적인 참여 메달을 주면 어떨까?' 하는 생각을 하고 있다. 이런 작은 노력에서 평창올림픽이 지닌 올림픽 정신이 부각될 수 있는 것이다. 평창올림픽에 참여하는 모두가 챔피언임을 인식시키는 것이다.

둘째, 자라나는 유소년들에게 올림픽 참여의 꿈을 심어주는 것이다. 아름다운 경쟁 속에서 노력이 갖는 가치와 의미를 심어줄 수 있는 체험형 관람 프로그램을 제공하는 것이다. 국내의 경우, 부모 참여형 체험학습 프로그램으로 진행해 수업대체가 가능하도록 하면 많은 가족형 관광객을 유치할 수 있을 것이다. 해외의 경우에도 더불어 살아가는 삶의 지혜를 담은 한국문화를 가미한 가족형 관람문화 패키지를 제공한다면, 보다 실효적인 관광객 유치가 가능할 것이다.

스위스 융프라우에 왜 수많은 가족 관광객이 오는 이유를 알면 쉽게 이해할 것이다. 소치 동계올림픽에서 스위스를 대표하는 여성 육상선수 캄분지가 포웰과 함께 각자 자신의 이름을 건 팀을 구성하고, 어린이 육상선수들을 코치하며 설원에서 함께 달리는 경주를 했다. 어린이들의 해맑은 모습을 보면서 이 경기는 결과에 상관없이 달리기에 참여한 어린이와 선수, 부모, 관람객 모두가 행복한 승리자가 된 것임을 느낄 수 있었다.

셋째, 올림픽 스폰서십에 참여하는 한국 기업의 광고가 올림픽 정신을 지향해야 한다. 단순한 스폰서십을 통한 마케팅 활동은 지나친 비용을 초래하며 일방향 커뮤니케이션의 한계를 드러내기 쉽다. 하지만 브랜드 체험을 통한 쌍방향 커뮤니케이션은 브랜드 아이덴티티와 연계된 브랜드 연상을 제공해 소비자의 감성을 자극하고, 기업의 이미지를 높이게 된다. 단순히 기업 브랜드를 광고하는 것이 아니라, 다양한 올림픽 체험 프로그램이나 올림픽 정신 조형물에 자연스럽게 묻어나도록 하는 것이다. 융프라우 슬로프에 보이는 '겨울 스포츠를 즐기는 당신이 챔피언이다!'라는 슬로건의 한 모퉁이에 조그맣게 새겨진 한 글로벌 시계 브랜드는 지금도 내 마음속에 따뜻하게 간직되어 있다.

최근 올림픽들의 흥행은 구조적으로 쉽지 않다. 대부분 국가의 국민들은 예산낭비 등과 같은 올림픽 자체에 대한 부정적 시선으로 참여가 저조하고, 올림픽 이후의 시설활용에 대해서도 걱정을 하고 있다. 이제는 무를 수도 없다. 어차피 치뤄야 한다면 성공적으로 마무리해야 한다. 그 해답은 바로 올림픽 정신에 부합하는 올림픽을 지향하는 것이다.

P.S. 나의 사랑스런 아들아! 대한민국이 더불어 살아가는 아름다운 삶으로 가득한 행복한 국가가 될 수 있도록 항상 깨어 있으렴! 깨어 있다는 것은 우리 사회에 소외되어 있는 사람들을 발견하고, 그들을 지켜줄 수 있도록 네가 가진 지혜와 역량을 우리 사회 시스템에 보탠다는 의미란다. 아빠 역시 많이 부족하지만, 우리 대한민국이 행복한 나라가 될 수 있도록 깨어 있을려고 노력한단다! 우리의 이러한 노력들이 함께할 때, 우리 인생은 생각보다 더욱 아름다워질 수 있고, 우리 대한민국의 역사는 앞으로 더욱 발전할 수 있을 거란다.

사랑쟁이 아빠칼럼

새 정부 경제목표!
행복경제지수로 설정하라!

매번 새 정부가 들어설 때마다, 경제정책의 목표를 세운다. 경제성장률과 고용률, 국민소득을 조합한 숫자의 합성은 이제 국민들에게 신뢰를 잃은 지 오래다. 이제 새 정부는 우리 국민들에게 신뢰의 미래비전을 제시해야 한다. 또 단순한 정량적 경제지표를 넘어서는 국민 생활 전반의 질을 평가할 수 있는 정성적인 통합지표가 필요하다. 이런 상황인식 속에서 필자는 신뢰의 경제목표의 하나로 현재 전 세계적으로 공신력을 인정받는 UN 행복지수를 제안한다.

이익지향적 가치체계를 지닌 경제학에 '행복경제학'이라는 조금은 낯선 경제학 분야가 있다. 숫자를 넘어서는 행복의 기준을 찾자는 것이다. 인간이 과연 언제 행복하며, 구성원들의 행복을 위해 우리 사회는 어떤 문제를 해결해야 하느냐를 연구하는 경제학의 새로운 분야다. 행복경제학은 캐나다 브리티시 컬럼비아대학교의 계량경제학 연구자였던 존 헬리웰 명예교수가 제창한 것이다. 그리고 이것을 기반으로 2012년부터 UN에서는 세계 행복보고서를 발간하고 있다. 행복보고서의 평가기준은 총 6가지이다. 건강과 기대수명, 자유로운 삶의 선택,

관대성, 부패인식 및 청렴도, 사회적 지원(Social Support), 1인당 GDP 이다.

'세계행복보고서'에 따르면 한국의 2016년 행복 순위는 155개 조사 대상 국가 중 알제리아(53위), 라트비아(54위,) 몰도바(55위)를 뒤이은 56위다. 참고로 우리의 GDP는 세계 13위이다. 유엔의 세계행복보고서에서 가장 강조하는 행복 요소는 어려운 구성원을 돕는 사회적 지원 부문이다. 지난 5년간의 데이터 분석으로 보면 '어려울 때 의지할 사람이 얼마나 되느냐'가 행복에 가장 큰 영향을 미치는 것으로 분석됐다. 즉 우리 사회는 개인이 어려울 때, 국가에 도움을 요청하기가 무척 어렵다는 것을 지표로 확인할 수 있다.

한국의 행복지수를 올리기 위해서 사회적 지원과 청렴도의 제고가 필요하다. 특히 이 두 가지 기준 요소는 현재 세계경제의 메가트랜드인 4차 산업혁명의 대응전략과도 일맥상통한다. 4차 산업혁명은 인공지능, 로봇공학, 나노기술 같은 첨단기술이 서로 융합돼 기존 산업영역뿐만 아니라 정치 · 경제 · 사회 · 문화 전반에 혁신적 변화를 창조하는 네트워크형 공유경제 시스템이다. 상호의존성과 고도연결성 그리고 슈퍼지능성을 특징으로 하는 4차 산업혁명은 첨단융복합기술의 가치창출 플랫폼에 인간존중의 휴머니즘 원칙과 상호 믿음의 프로세스가 있을 때, 비로소 집단지성을 통한 생산성 강화 및 동반성장이 가능할 것이다. 우리는 현재 4차 산업혁명을 선도하는 이스라엘을 주목해야 한다. 이스라엘이 4차 산업혁명의 선도국가가 된 비결은 바로 약자를 배려하고, 공정한 룰을 지키는 사회 시스템이 있기 때문이다. 이스라엘 정부는 여러 번 실패한 창업자라도 새로운 미래가치를 창조하는 도전에 대해서는 창업자금을 과감히 다시 지원해준다. 또 많은 스타트업들은 엑셀러레이터의 공정한 평가와 경쟁 속에서 지원 프로그램의 도움을 받으며, 창업의 열정이 현실화되는 행복을 즐기고 있다. 인구 850만 명의 이 작은 나라에서 구글과 인텔, 삼성과 같은 320여 개 글로벌 기업들이 연구센터를 운영하는 이유가 바로 여기에 있다.

행복경제학은 단순한 축소지향적 복지개념이 아니다. 경쟁 속의 협력을 만드는 확대지향적인 긍정적 인식이다. 행복경제학의 본질은 '행복한 성장'이다. 자신의 소중한 꿈을 자유로이 추구하며, 더불어 살아가는 삶을 지향할 때, 우리 모두는 진정으로 행복할 수 있다. 행복감이 넘칠 때만이, 창조적 혁신을 할 수 있다. 특히 공정한 원칙과 기준에서의 경쟁은 우리 사회발전의 촉매제라는 것을 기억해야 한다. 새 정부가 UN 세계행복보고서의 6가지 기준에 부합하는 다양한 정책의 실현을 통해 한국의 행복지수를 높이기를 기대한다.

나눔은 기쁜 의무란다!

지구별 가족들과 더불어 살아가는 경빈아!

나눔은 너무나 당연한 그리고 무척 기쁜 너의 의무란다!

왜냐면 말이야.

네가 나중에 커서, 사회적 가치를 만들면 돈을 벌게 된단다. 그런데 그 돈이 너의 노력만으로 벌어졌을까? 네가 사회적 가치를 만드는 수준으로 성장하기까지는 지구별 가족들의 도움이 있을 거란다. 너에게 가르침을 주시는 고마운 선생님이 계실 거야. 너에게 다양한 간접경험을 가져다주는 훌륭한 책의 저자들이 있을 거야. 너를 튼튼하게 성장하도록 건강한 쌀을 재배해주신 농부들이 있을 거야. 사람 사이의 관계를 부드럽게 하는 지혜를 가르쳐주는 친구들과 선후배가 있을 거야.

네가 번 돈은 지구별 가족들과 함께 만들어낸 가치의 대가란다.

네가 아무리 좋은 가치를 만들었더라도, 지구별 가족들이 사용하지 않으면 가치는 드러나지 않게 되는 거란다. 네가 가치를 만드는 과정에는 함께 일하는 구성원, 거래처 등의 직접적인 도움을 주는 지구별 가족들이 큰 역할을 한단다.

너의 초등학교 입학에 맞춰 너와 함께한 '아빠가 쓴 책 나눔행사.'

나눔은 함께 가치를 만든 소중한 지구별 가족들에게 당연히 해야 하는 것이란다. 그리고 네가 아무런 대가를 바라지 않고 나눔을 아주 기쁜 마음으로 할 때, 너는 오히려 더 큰돈을 벌게 될 거란다.

지구별 가족들이 따뜻한 마음을 가진 너를 더욱 돕기 때문이야.

그리고 참 신기한 것은 네가 나누면 나눌수록, 더 많이 나눌 수 있는 풍요로운 환경이 만들어지게 된단다.

아마도 착한 너를 도와주는 천사가 성공과 행운의 마법을 부리기 때문일 거야.

기쁜 나눔을 함께할 때, 너는 언제나 풍요로움과 행복함 안에 있을 거란다! 그리고 네가 만든 나눔의 아름다운 꽃바람은 민들레 홀씨처럼 우리의 지구별 곳곳에 또 다른 나눔의 꽃을 피울 씨앗을 뿌릴 거란다!

사랑쟁이 아빠가

P.S. 1 경빈이 초등학교 입학을 기념하여, 아빠가 쓴 책의 나눔행사를 가졌단다. 아빠 얼굴이 행복하지 않니? 나눔은 어쩌면 아빠가 스스로에게 주는 최고의 선물인 거 같아.

P.S. 2 나눔에 관한 아빠의 칼럼을 읽어보렴. 진정한 성공을 위해서 왜 나눔이 필요한지에 대한 아빠의 생각이란다.

사랑쟁이 아빠칼럼

지속가능성장을 위한 기업의 사회공헌

필자는 최근 캄보디아를 다녀왔다. 수돗물이 공급되지 않는 시골의 한 학교에서 아이들이 정수제를 넣어 깨끗해진 우물물을 해맑게 마시는 모습을 봤다. 현지에서 교육봉사를 하는 영국인 교사는 글로벌 소비재 기업인 P&G사에서 정수제를 기부한다고 했다. '이 기업이 하는 나눔이 보석같이 순수한 아이들의 웃음이라는 아름다운 꽃을 만들고 있구나'라는 생각을 하게 됐다. 한국에 돌아와서 확인해보니 이 회사는 정수제를 캄보디아뿐 아니라 아프가니스탄 같은 다른 가난한 국가에도 기부하고 있었다. 유니세프 보고서에 의하면 전 세계 약 137만 명의 아이들이 안전하지 못한 물로 위험에 노출돼 있다고 한다. 하지만 이 정수제를 통해 전 세계 많은 아이들이 깨끗한 물을 마시는 것이다. 그야말로 기업이 갖고 있는 핵심가치의 제품을 활용해 더불어 살아가는 삶을 추구하는 것이다.

필자는 직업상 많은 기업들을 관찰하게 된다. 지난 10년간 성공한 기업들을 세밀히 관찰하면서 합리적으로 일반화할 수 있는 하나의 현상을 도출할 수 있었다. 그것은 다름 아닌 더불어 사는 삶을 추구하는

기업들이 오랫동안 사랑받고 성장한다는 것이다. 경영학 용어로는 지속가능성장이라고 한다. 캄보디아 사람들이 자신의 아이들이 깨끗한 물을 마실 수 있도록 도움을 주는 회사를 좋아하는 것은 당연한 이치인 것이다. 그리고 그들이 나중에 소비의 적극적 주체가 되었을 때, 이 회사의 훌륭한 충성고객이 될 것이다.

기업들이 이윤창출 대상인 소비자가 속한 사회 공동체가 성장하지 않으면 그들도 성장할 수 없다. 경영학의 대가인 피터 드러커는 기업이 사회적 책임을 다하는 것이 다른 사업영역을 개척하는 가장 좋은 방법이라고 제시했다. 즉 이제 사회적 책임을 다하지 못하는 기업은

사랑받는 글로벌 기업으로 성장하기 어려워지게 된 만큼 기업들의 사회공헌은 장기적인 전략적 투자로 평가될 수 있다. 《파이낸셜 타임스》에서 조사한 결과 착한 기업과 투자수익률과의 높은 연관관계를 파악하고, 투자자들이 앞으로는 친환경성·기업지배구조·사회공헌 등의 비재무적 활동도 적극적으로 평가하여, 착하다고 판단될 때 투자하라고 조언하는 것은 시사하는 바가 매우 크다.

한국 기업들도 사회의 구성원으로서 사회적 책임을 다하기 위해 사회공헌 활동을 활성화하고 있다. 조금 아쉬운 점은 국내 기업의 사회공헌 활동이 위의 글로벌 기업에 비해 기업의 핵심역량과 경영철학이 녹아들지 못한 단순한 물질기부 중심이라는 것이다.

나눔이란 선한 사랑의 마음을 가슴속 깊은 곳에 간직해 그것이 씨앗이 되어 싹이 트고 잎이 펼쳐지다가 결국 아름다운 꽃이 피고 탐스러운 열매를 맺어 그것이 누군가를 기쁘게 하는 것을 말한다. 향기가 나는 꽃밭에 더 많은 꿀벌이 모이는 것은 당연한 이치다. 우리 기업이 이러한 이치를 깨달을 때, 기업의 가치창출 활동의 근간인 밸류 네트워크 구성원들에게 사랑을 받고 그들과 함께 지속가능성장을 이룰 것이다.

인생의 아름다운 꽃을 피운다는 것

사랑하는 경빈아!

오늘은 아빠가 키우는 수생식물인 부레옥잠에서 이쁜 연보라색 꽃이 폈구나. 은은한 꽃향기가 아름다움을 더하는구나.

아빠가 부레옥잠을 키우면서 꽃이 피는 걸 보는 게 쉽지는 않단다.

그래서 왠지 오늘은 좋은 일이 많이 생길 것 같은 느낌이야!

(참! 부레옥잠꽃의 꽃말은 '조용한 사랑' 또는 '승리'라고 하네! 오늘은 주위 사람들이 미소로 가득할 수 있도록 잔잔하고 부드럽게 그들을 아끼고 배려해야겠어. 그러다 보면, 아빠는 오늘이라는 행복한 하루의 승리자가 되겠지?)

가만히 꽃을 들여다보면서 문득 우리 인생에도 가끔씩 아름다운 꽃이 핀다는 생각이 들었단다.

아빠가 생각하는 인생의 아름다운 꽃이란 스스로가 생각했을 때, '나의 능력과 열정으로 우리 지구별을 조금이라도 더 나은 곳으로 만들었을 때의 행복한 내 얼굴'이란다!

지구별의 가족들이 더 많이 웃으며 지낼 수 있게 그들의 거주환경을 도와주는 거.

가족들이 없어 외로워하는 사람들에게 그들의 새로운 가족이 되어주는 거.

공부를 하고 싶지만 가정환경이 어려운 친구들에게 공부할 여건을 만들어주는 거.

마음의 아픔과 상처가 있는 사람들에게 용서와 화해의 치유를 도와주는 거.

무기력함에 빠져 있는 사람들에게 긍정과 희망의 메시지를 주는 거.

사랑하는 우리 아이들을 위해 안전하고 재미있는 놀이터를 만드는 거.

고마우신 어르신들을 위해 건강에 좋은 레크레이션 프로그램을 개발하는 거.

아빠가 지금 당장 생각하더라도 100가지 정도의 아름다운 꽃이 있을 건 같은데.

앞으로 경빈이는 네가 가질 능력과 열정으로 우리 지구별을 더욱 빛나고 아름답게 만들 거란다!

네가 상상하는 그 이상의 아름다운 인생의 꽃을 피울 거야!

꼭 기억해야 할 것은 우리는 모두 자신만의 고유한 꽃망울을 자신만의 시기에 터트리기에 절대 다른 이들의 꽃과 비교할 필요가 없다는 사실이란다.

아빠는 우리 경빈이만의 소중한 인생의 꽃이 어떤 색깔과 향기를 가지고 있을지 무척 궁금해지는구나!

그리고 엄마는 네 인생의 눈부신 꽃이 머금은 따사로운 햇살을 보며, 행복하게 미소짓겠지?

사랑쟁이 아빠가

P.S. 사랑쟁이 경빈아! 오늘 우리 동네에 눈이 참 많이 왔어. 아빠랑 너랑 눈썰매를 타는데, 동네 유치원 꼬마들이 타고 싶다고 우리에게 몰려왔단다. 너는 신나게 타던 눈썰매를 양보하고, 꼬마 동생들 모두를 네가 직접 태워주었단다. 동생들은 다들 "야호! 형아! 더 태워줘요" 하니, 너는 "다음에는 누가 탈래?" 하며 행복한 얼굴로 씨익 웃더라구. 경빈이는 오늘 지구별을 정말 아름답게 만들었단다. 너는 눈같이 하얀 아름다운 말리꽃을 닮은 아빠의 자랑스런 아들이란다.

걱정거리를 눈송이에 날려버리렴!

경빈이가 엄마랑 눈놀이를 하는 평화로운 모습을 보며,
잠시나마 아빠의 인생을 되돌아본단다.

아마도 아빠는 20대 후반, 사회에 첫발을 내딛는 순간 참 걱정거리가 많았던 거 같아.

지금 보면, 대부분 걱정거리는 일어나지도 않았는데 말이야.

그리고 아빠가 착하고 옳은 길을 걷는 과정에서 일어날 수 있는 걱정거리는 분명히 천사가 모두 해결해주었던 거 같아.

경빈아! 만약 네가 걱정거리에 온 마음이 사로잡혀 있다면, 비눗방울에 날려 사라지게 하렴!

그냥 이렇게 담대하게 생각하는 게 좋을 거 같아.

아마 내가 생각하는 대부분 걱정은 실제로 일어나지 않을 거야. 내가 너무 부정적인 생각에 빠져 있어서 그런 거야. 걱정이라는 것은 내가 포기할 때까지 나를 끝까지 밀어붙이는 녀석이야. 그런 녀석은 멀리하는 게 좋아. 설령 걱정이 현실이 된다고 해도 다 해결책이 생겨날 거야. 그때 가서 생각하지 뭐.

내가 착한 마음을 먹고 한 일에서 걱정거리가 생겼다면, 아마 그것은 걱정으로 가장한 체 나에게 다가온 또 다른 선물일지도 몰라. 그저 최선을 다해서 해결하려고 노력해야겠어. 분명히 현명한 방법이 떠오를 거야. 즐겁게 받아들여보자구.

그리고 내가 나쁜 마음을 먹고 한 일에서 걱정거리가 생겼다면, 거기에 대한 책임을 져야 해. 그것이 어떤 것이라도 반성의 자세를 가지고 당연히 받아들어야 해. 그리고 다시는 그런 일이 생기지 않도록 올바르게 일을 해야 해.

미래에 대한 걱정으로 지금을 놓쳐서는 안 된단다.

걱정할 시간에 현재에 최선을 다하렴.

그러다 보면 걱정거리를 자연스레 잊을 수 있단다. 그리고 혹시 걱정이 현실이 되어도 해결할 방법을 준비할 수 있단다.

아빠는 도저히 현재에 집중할 수 없을 정도로, 머리가 순간적으로 너무 복잡할 때는 잠시 모든 걸 잊고, 열심히 운동한단다. 땀을 흘리며 운동에 집중하다 보면 어느새 머리는 맑아지게 되고, 가슴이 말해주는 지혜의 목소리를 차분히 들을 수 있게 된단다.('건강한 육체에 건강한 정신'이란 말을 기억하렴!)

참! 예전에 할머니께서 이런 말씀을 자주 하셨단다.

"기표야. 걱정하지 마렴. 무슨 일이든 어떻게든 해결된단다. 그치지 않는 소나기란 없단다!"

경빈아! 걱정이라는 녀석을 눈송이에 날려 사라져버리게 하자꾸나!

그리고 지금 이 순간이라는 선물을 감사히 받아들이렴!

사랑쟁이 아빠가

매력적인 남자란?

아빠가 생각하는 매력적인 남자란?
당당함을 가진 남자란다!

당당함이란 무엇일까?
자신을 사랑하며 매일 아침 자신에게 미소를 짓는 자신감이란다.
내가 사랑하는 길을 걸어가기에 어떤 유혹에도 흔들리지 않는 굳건함이란다.
사랑하는 이를 위해서 때로는 힘듦과 어려움을 기꺼이 받아들 수 있는 책임감이란다.
옳은 길을 걸어가기에 어떤 비난에도 자유로울 수 있는 떳떳함이란다.

지금 나에게 주어진 것을 감사하며, 그것을 최대한 활용하면 창조적 발전을 향해 나아가는 긍정성이 된단다.
함께 길을 걸어가는 동반자에게 명확한 비전을 제시하여, 그들에게 용기와 희망을 주는 진취성이란다.
당당함이란 어쩌면 '멋있는 스스로를 너무 사랑할 수밖에 없는 남

COFFE
FRITZ

자들이 가지고 있는 자부심'이란다!

당당함을 가진 남자의 눈에는 사랑의 빛이 흐른단다!

그리고 그 빛을 본 사람들은 당당한 남자의 매력에 흠뻑 빠지게 된단다!

아들아!

당당한 남자가 되렴!

너의 당당함으로 세상에 아름다운 매력의 빛을 뿌리렴!

사랑쟁이 아빠가

P.S. 아들아! 아빠는 오늘 너의 당당함을 보았단다.

사랑하는 엄마를 위해 너는 눈으로 귀여운 토카츄를 만들었단다. 토카츄가 뭐냐구? 네가 "토끼와 피카츄가 합쳐진 귀염둥이"라고 아빠에게 설명해주었단다. 하하하! 근데 진짜 귀엽게 잘 만들었어. 그리고 무엇보다 감동인건, 엄마에게 선물을 줘야 한다며 그 무거운 토카츄를 집으로 가져온 거란다. 사랑하는 이를 기쁘게 하기 위한 너의 노력에 아빠는 진심으로 박수를 보낸단다.

참 경빈아! 오늘 아침 너는 미소로 하루를 시작했단다. 너의 밝은 미

소 에너지가 이 귀여운 토카츄를 행복한 우리 집으로 부른 거 같아. 아빠 생각에는 우리 삶은 거울인 거 같아. 네가 웃으면 네 삶도 웃고, 네가 울면 네 삶도 운단다. 그러니, 항상 그 어떤 상황에서도 용기와 희망을 가지고, 미소짓고 웃으렴!

우리 아들! 정말 멋져! 넌 진정 매력적인 남자!

너로 인해
사랑쟁이 아빠가 되다!

사랑하는 아들아!

오늘 아침 사무실 문을 열자 어디선가 아름다운 무지개빛이 아빠에게 흘러왔단다.

아빠는 앙증맞은 무지개빛이 우리 집에 가득한 행복의 사랑 에너지라는 생각이 들었단다.

그리고 문득 스스로 이런 질문이 떠올랐단다.

'난 언제 사랑 가득한 그리고 사랑을 위해 살아가는 사랑쟁이가 되었을까?'

아빠는 잠시의 망설임도 없이 바로 대답이 떠올랐어.

'지구별에 온 어린왕자 경빈이의 아빠가 되고 나서야 비로소 사랑쟁이가 된 거야!'

너와 함께하는 모든 순간에서 아빠는 사랑을 본단다!

아침에 눈뜨자마자 "아빠" 하고 불러주는 너의 귀여운 목소리에서

세상의 가장 순수한 사랑을 느낀단다!

매우 높은 체온에 힘겨워하는 너를 보며, 아빠가 대신 아프겠다고 신에게 기도했단다!

태어나 처음으로 달콤한 사탕을 먹고, 춤을 추는 너를 보고 아빠도 따라 신나게 춤을 추었단다!

소중한 첫 번째 생일에 가족들이 생일축하 노래를 불러줄 때, 촉촉한 눈물을 보이는 엄마를 보고 아빠도 눈물을 흘리지 않을 수 없었단다!

너의 두 번째 생일에 기념사진을 찍는다고 켠 촛불에 손가락이 닿아서 우는 너를 보고 아빠는 온종일 시무룩했단다!

네가 한동안 이유식을 잘 먹지 않아서, 매일 늦은 밤까지 요리책을 보며 공부하는 엄마의 노력에서 세상에서 가장 멋진 연구원의 모습을 보았단다!

온종일 너를 돌본다고 아무런 치장도 하지 못하는 엄마의 헌신적 모습에서 세상에서 가장 아름다운 미인의 얼굴을 본단다!

놀이터에서 친구들에게 기분 좋게 양보하는 너를 보며, 오히려 아빠는 지구별 가족들에 대한 배려심을 배운단다!

재채기하고 콧물이 나올 때는 꼭 아빠가 닦아달라며 엄마에게 도망치는 너, 그리고 휴지를 들고 너를 쫓아가는 장난기 가득한 아빠를 보며, 너는 우주가 우리 가정에 준 소중한 선물임을 다시 한번 확인한단다!

우리 집 강아지 대박이의 밥을 챙겨주는 너의 조막손에서 일상의 사랑스러움을 가득 느낀단다!

네가 처음으로 두 발로 걷던 날, 아빠 인생에서 가장 호들갑스럽게 환호성을 질렀단다!

너와 처음으로 공놀이를 하던 날, 그 옛날 할아버지와 아빠의 공놀이 장면이 떠올라 추억의 미소를 지었단다!

발을 안쪽으로 끌며 걷는 너, 더 안쪽으로 끌며 걷는 아빠, 더더 안쪽으로 끌며 걸으시는 할아버지, 이렇게 우리는 닮은꼴 가족임을 확인한단다!

포동포동한 귀여운 발의 너, 더 포동포동한 발의 엄마, 더더 포동포동한 발의 외할아버지, 이렇게 우리는 닮은꼴 가족임을 확인한단다!

유난히 너를 돌보는 것이 힘든 날에는 '할아버지와 할머니께서도 우리를 이렇게 힘들게 키우셨구나'라는 생각이 들며, 깊은 고마움을 느끼게 된단다!

오늘 아침 아빠에게 기차 그림을 가리키며, "기차! 기차" 하는 너의 귀여운 투정을 듣고, 즐거운 기차여행을 계획한단다!

애니메이션 카드 몇 장으로도 몇 시간을 아빠랑 재미있게 놀 수 있는 너의 능력에 무한한 존경심을 보낸단다!

아빠를 사랑쟁이로 태어나게 해준 경빈아!

진심으로 고마워! 그리고 눈물나도록 사랑해!

사랑쟁이 아빠가

#ARDIUM

#ARDIUM

#ARDIUM

#ARDIUM

행복 팔레트에서
일상의 미끄럼틀을 색칠하다!

귀염둥이 아들아! 너와 함께하는 시간은 언제나 신나는 워터파크의 미끄럼틀 같단다!(사진 속의 워터파크는 아빠가 여행하면서 간 곳인데 어쩜 그렇게 미끄럼틀 색깔이 이쁘던지, 아직도 그 선명함이 잊혀지지 않는단다.)

아빠가 매번 어떤 색의 미끄럼틀을 탈지는 항상 네가 결정한단다! 마치 팔레트를 들고 폼나게 색칠하는 화가처럼.

오늘만 해도 어땠는지 아니? 넌 미끄럼틀을 순식간에 색칠해버리더라구! 하하하!

아침에는 신나는 동요를 들으며, 아빠가 너와 함께 열심히 춤을 추라며 '열정의 빨강'을 색칠했단다.

점심에는 뭐가 그리 서러웠는지 엉엉 울면서 아빠에게 꼬옥 안아달라며 '위로의 노랑'을 색칠했단다.

오후에는 잠시 친구의 일로 고민하는 아빠의 볼에 입맞춤하며 '힐링의 초록'을 색칠했단다.

저녁에는 캔디를 먹겠다고 응석을 부리면서, 아침에 아빠가 있다가

주겠다고 약속한 것을 지키라며 '정직의 파랑'을 색칠했단다.

아무리 봐도 '너의 행복 팔레트'는 아름다운 색깔로 가득해! 그리고 넌 아빠와 네가 함께 타는 '일상의 미끄럼틀'에 순간순간 가장 잘 어울리는 색깔을 입히는 멋진 화가야! 아빠가 완전 인정!

장난꾸러기 아들아! 아빠를 매일매일 행복하게 해줘서 고마워! 사랑해!

사랑쟁이 아빠가

P.S. 강렬한 색채로 영원의 사랑을 표현했던 마르크 샤갈이라는 화가는 다음과 같이 말했단다. "삶이 언젠가 끝나는 것이라면, 삶을 사랑과 희망의 색으로 칠해야 한다."

아들아! 우리 온전히 사랑하자! 그리고 희망을 향하여 나아가자! 그럴 때, 우리 삶은 이루 말할 수 없는 찬란한 색과 빛의 향연으로 가득할 거란다.

너만의 글을 써야 하는 이유!
그리고 너만의 책을 만들어야 하는 이유!

아빠는 기쁘고 즐거운 마음을 글에 담아본단다.

지금 느끼는 행복함을 함께 만들어준 사람들의 얼굴을 떠올리며 깊은 감사를 전하게 된단다.

아빠가 몰랐던 아빠의 천진난만한 모습을 볼 수 있게 된단다.

아빠는 아프고 속상한 마음을 글에 담아본단다.

말로는 다할 수 없었던 아빠의 가슴속 깊은 이야기를 드러내는 순간, 아빠는 스스로 위로받게 된단다.

때로는 눈물이 날 때도 있지만, 그러고 나면 엄마의 포근한 품안에 있는 듯 정말 마음이 아주 편안해진단다.

아빠는 아빠가 일하는 분야에 대한 지식과 경험을 글에 담아본단다.

지금 하는 아빠 일의 의미와 가치를 확인할 수 있단다.

아빠의 부족한 부분을 알게 되어, 더욱 열심히 공부하고 일해야 하는 목표를 가질 수 있단다.

글을 쓴다는 것은 아빠에게는 따뜻한 힐링이란다. 최고의 취미란다. 그리고 행복한 공부란다.

나만의 글을 쓰면 지혜와 지식이 조금씩 풍부해지는 것을 느끼게 된단다.

내가 가진 고유한 색깔들을 발견하게 된다. 그리고 그 색깔들을 재미있게 섞어볼 수 있단다.

독특하고 창의적인 글을 쓸 수 있게 되면, 자연스레 나에게 다가오는 좋은 책을 고를 수 있는 힘도 생긴단다.

언젠가 기회가 되면, 경빈이도 너만의 고유한 색깔이 담긴 글을 모아 책으로 만들어보렴.

너에게는 너무나 행복한 추억거리가 될 거란다. 그리고 꾸준히 글을 쓸 수 있도록 용기와 힘을 줄 거란다.

지구별 가족들에게는 너의 소중한 지혜와 지식을 아주 평화롭게 볼 수 있는 기회가 될 거란다.

너의 글을 보며, 울기도 하고 웃기도 하는 지구별 가족들의 모습을 즐겁게 상상해본단다.(지루한 듯한 표정은 아마도 없을 거야. 왜냐면? 너만의 인생이 담긴 진실한 글은 분명히 감동의 물결을 만들기 때문이란다! 그리고 너만의 인생이 담긴 독특한 글은 분명히 재미가 있기 때문이란다!)

사랑하는 아들아! 너만의 글을 쓰렴! 그리고 너만의 책을 만들렴!

사랑쟁이 아빠가

P.S. 경빈아! 아빠는 네가 좋은 책을 많이 읽었으면 한단다. 특히 다양한 인문학 책을 읽으면서, 인간에 대한 근원적 이해와 따뜻한 사랑을 키워갔으면 한단다. 아래 칼럼은 아이들의 지속 가능한 성장을 위한 '인문학의 중요성'에 관한 아빠의 생각이란다. 아빠가 경영컨설팅을 하면서 느꼈던 점을 아이들의 교육에 창의적으로 적용해본 것이란다. 조금 어려울 수 있는 개념이지만, 지혜로운 경빈이가 성장했을 때는 아마 충분히 이해할 수 있을 거란다.

사랑쟁이 아빠칼럼

지속가능교육을 위한 인문학의 중요성

기업을 포함한 대부분 조직에서 '지속가능성장'은 경영전략의 핵심 목표로 자리잡고 있다. 변화하는 내·외부 경영환경에 유연하게 대처하여 기업의 영속성을 유지하는 것이 그만큼 어렵다는 사실을 반증하는 것이다. 지속적인 기술개발이나 벨류네트워크(Value Networks) 구성원들과의 제휴나 협력을 통한 상생의 가치 추구 등 기업활동 전반에 걸친 다양한 노력이 요구된다. 지속가능경영을 위해 주장되는 다양한 이론에는 공통으로 다음의 가치들이 담겨 있다. 윤리성과 친환경성, 그리고 창조성과 변화에의 유연성, 마지막으로 더불어 살아가는 상생이다.

필자는 이런 가치들을 담은 지속가능 경영의 개념을 우리 아이들의 교육에 창의적으로 적용할 수 있다고 생각한다. 지금부터 지속가능성장을 위한 구체적 노력들을 살펴보자.

첫째, 인문학의 체계적 교육이 절실하다. 인문학은 순수학문인 동시에 기초학문으로 사람이 사람답게 살아가는 데 필요하며, 모든 학문의 토대를 이루는 상상력과 창조성의 기초를 제공한다. 또한 단순한 수치상의 정량(定量)적 기준보다는 다양한 변수와 변화를 포괄하는 정성(定性)적인 기준으로 세상을 바라보는 시각을 가져다주며, '지식'이 아닌 '가치'를 추구하도록 도와준다. 필자는 경영컨설팅을 하면서, 국내외의 성공한 경영자들을 자주 보게 된다. 그들에게는 공통점이 있다. 그것은 풍부한 인문학적 지식을 갖고 있다는 것이다. 문학과 철학, 그리고 예술 같은 다방면의 인문학 지식은 그들의 마음속에 사람에 대한 깊은 이해와 사랑을 가져다준다. 궁극적으로 이러한 사고체계는 기업의 가치창출 활동의 근간이 벨류네트워크 구성원들과의 신뢰와 협력으로 이어진다. 그야말로 인문학이 지속가능경영의 원천인 것이다.

둘째로는 통합적 사고 기반의 글쓰기 교육이 활성화돼야 한다. 여기서 말하는 통합적 사고란 다양한 현상 간의 비선형적 인과관계를 종합적으로 검토할 수 있으며, 아이디어 간의 긴장을 건설적으로 이용해 창조적으로 문제를 해결하는 방식을 말한다. 우리 아이들은 영어면 영어, 논술이면 논술과 같이 세부적인 과목에만 집착하다 보니 복잡성과 다양성의 인과관계 및 세분화되지 않은 전체적 사고의 포용에 익숙하지 않다. 그러다 보니 창조성이 결여된 획일적 사고의 매너리즘에만 빠져 있는 것이다. 이를 해결하려면 통합적 사고 기반의 글쓰기 교육이 절실하다.

위에서 언급된 지속가능성장을 위한 노력들은 현재 입학사정관제도의 주요 평가기준에도 부합하는 것이다. 입학사정관제도의 핵심 평가기준은 다음과 같다. 뚜렷한 인생의 목표와 비전 설정 여부 및 목표를 향한 초중고 12년간의 포트폴리오와 잠재성장 가능성, 그리고 학업

성적 및 독서량이다. 또한 인성과 리더십 및 지망학과에 대한 입학 목적과 인생 목표와의 연관성이다. 이제 우리 아이들이 자신의 행복한 꿈과 비전을 실천해 우리 사회의 풍요로움을 창출할 수 있도록 지속가능 성장교육이 절실히 필요해 보인다. 또한 이 노력은 현재의 입학사정관제도에도 정확히 부합하는 것이자 스펙의 패러다임을 바꾸는 혁신적 방안인 것이다.

P.S. 2 경빈아! 아빠가 '인문학적 소양을 키우는 노력'과 '통합적 사고로 글쓰기'에 대해서 아빠 책(제목: 『중고등학생 성공스펙 11가지 전략아이콘: 배기표의 주니어 MBA』)에 자세히 설명해놓았단다. 중학생이 되면 한번 읽어보렴. 아빠 생각에 동의하지 않으면 편히 너의 의견을 얘기해주렴.

우리가 독도로 떠난 이유

경빈이와 아빠는 독도로 여행을 다녀왔단다.

왜 우리는 그토록 갑자기 독도로 떠났을까?

그 대답은 언젠가 아빠의 아래 칼럼을 읽으면 알 수 있을 거란다.

아빠는 100번의 말로 하는 설명보다 실제로 한번 보고 느끼고 경험하는 것이야말로 최고의 교육이라고 생각한단다.

직접 경험하는 것이야말로 호기심을 꿈으로 바꿀 수 있는 마법의 램프인 거 같아.

왜냐하면? 직접 경험하면서 너는 네 가슴의 소리를 들을 수 있기 때문이란다. 무언가 깊은 마음의 울림이 안내하는 길로 들어서면서 너는 이성적인 논리의 교육에서 받지 못하는 지혜와 사랑을 얻을 수 있단다.

경빈이가 아빠에게 궁금한 게 있으면 언제든 얘기하렴.

혹시라도 아빠가 "경빈아! 우리 바로 떠나자!" 하면 너무 놀라지는 말기야.

하하하.

사랑쟁이 아빠가

독도야 지켜줄게, 걱정 마!

얼마 전, 아이가 "아빠! 왜 사람들이 일본에 가지 말고, 또 일본제품을 사지 말라는 거야?"라고 물었다. 첫 마디를 뗐으나 아이에게 설명하는 것이 쉽지는 않았다. 그 순간 동시에 바로 우리의 독도가 떠오르고 독도를 상징적으로 보여줘 오랜 역사의 소용돌이 속에서 일본의 반성 없는 역사 왜곡과 침략 행위에 대해 얘기해줘야겠다고 생각했다.

아들과 바로 독도로 떠났다. 한 배를 함께 타고 온 사람들은 모두 우리의 독도에 대해서 얘기했다. 여기서 말하는 우리는 과거와 현재 그리고 미래를 아우르는 모두의 공동체 의식을 의미하는 것이다. 그리고 이 공동체 의식의 근간은 평화와 신뢰라는 가치지향의 정신적 체계에 있는 것이다.

잠시 시선을 글로벌 경제체제로 돌려보자. 세계 각국의 정·관·학·재계의 리더들이 모여 글로벌 경제의 발전방안에 대해 자유롭게 논의하는 다보스포럼(세계경제포럼)의 2019년 핵심의제는 '글로벌 경제위기 속에서의 지속가능성장 모델의 구축'이었다. 경제위기의 속성으로는 각국 정부의 자국우선주의를 기반으로 한 포퓰리스트 정치지형의 강화에 따른 무역전쟁, 금융긴축 기조, 브렉시트가 대표적으로 공론화됐다. 그리고 이에 대한 위기 대응의 핵심전략으로는 첨단기술혁명으로 상징되는 4차산업혁명이 추구해야 할 전 지구적 공동체적 가치의 활성화가 제기됐다. 즉 이제는 개인과 기업 그리고 국가들이 생존하기 위해서는 경쟁과 전쟁이라는 소모적 한계를 벗어나 공존의 가치를 통한 새로운 시장과 가치를 창조해 함께 생존하자는 데 의견이 모아졌다. 예측 가능한 신뢰구축과 공동체 구성원에 대한 상호존중이라는 가치지향적 공존인 것이다.

일본이 지난 2일 한국을 전략물자 수출심사 우대국가 명단(화이트 리스트)에서 제외를 결정한 뉴스를 보면서 일본은 글로벌 경제체제의 공동체 구성원으로서의 자격을 잃었다는 판단을 하게 됐다. 그렇다면 우리는 이런 일본을 어떻게 바라보고 대응해야 할 것인가에 대한 질문이 따라올 것이다. 그것은 바로 경제전쟁을 선포한 일본을 철저하게 응징해야 하는 것이다. 대화의 길은 그다음이다. 즉 대화는 일본 정부가 일방적이고 부당한 경제조치를 철회할 때만이 가능할 것이다.

정부차원의 강력하고 일관성 있는 대일 경제정책과 외교전략을 기반으로 우리 국민이 할 수 있는 가장 힘있고 신속한 응징은 바로 일본제품의 불매운동인 것이다. 헛된 야욕을 보인 아베 정권이 그들 스스로 글로벌 경제체제가 얼마나 긴밀히 연결돼 있고, 신뢰와 존중의 공동체 의식이 없을 경우 일본 자신이 고립의 늪으로 빠진다는 것을 강력히 느끼게 해줘야 한다.

역사는 반복된다. 일본의 침략은 늘 비슷한 패턴으로 진행됐다. 자기만의 비인륜적 이유로 피해자임을 거짓으로 가장한 채 초반에 기습공격을 했다. 하지만 우리는 버티고 버텨 일본을 이겨냈다. 그 근간에는 일본의 거짓과 폭력에 맞서 싸운 우리 선조들의 한마음 한뜻의 초연한 결개가 있었기 때문이다.

국민 대다수가 동의할 수 있는 수준의 일본에 대한 응징과 그에 대한 일본의 진심어린 사과가 있을 경우 20세기 아니 현재까지 이어진 일제 과거사 정리에 대한 민족적 갈등과 아픔을 정리할 수 있을 것이다. 위기는 기회이다. 어쩌면 이번 위기가 우리에게는 단순히 피해를 최소화하고 경제전쟁을 막으려는 수동적 대응이 아닌 신뢰와 공존의 전 지구적 가치를 적극적으로 지키는 한국 역사의 새로운 패러다임을 창조할 수 있는 기회가 될 것이다. 이런 가치지향적인 우리의 모습은 언젠가 회복되어야 할 한일관계에서 새로운 시작의 디딤돌이 돼줄 것이다.

특히 한국 기성세대의 단호한 대응은 앞으로의 미래세대의 주인공인 우리 아이들에게도 의미있는 새로운 이정표를 제시할 것이다,

대한민국은 신뢰와 존중의 글로벌 경제체제의 공동 구성원으로서 기본적 책임과 의무를 다하기 위해 노력한다. 또 보편적 공존원칙을 위배하는 침략적 행위에 대해서는 엄격하고 단호하게 대응한다. 이것이 글로벌 경제와 대한민국 경제 모두의 지속가능성장 원동력이 될 것이다.

이 글을 마무리하면서 우리 아이와 함께 독도에 편지를 쓴다.

"독도야 지켜줄게. 걱정 마!"

우리 삶 곳곳의 천사들을 찾으렴!

사랑하는 경빈아!

살다 보면 가끔은 가슴이 먹먹해지고 괜시리 눈물이 날 때가 있는 거 같아. 아빠는 오늘이 그런 날이야.

우리 가족이 우리 동네에 이사온 지도 거의 10년이네. 비가 오나 눈이 오나 매일 아침 동네를 정성스레 청소하시는 어르신은 우리 경빈이가 커가는 모습을 지켜봐주셨단다. 그리고 가끔은 일부러 아빠가 출근하는 시간에 맞추어 우리 집 입구 쪽에서 청소하시면서 잠깐이라도 세상 살아가는 얘기를 아빠와 나누시곤 했단다.

지난 주 아침에 뵐 때, "어르신! 제가 어르신 여름에 쓰실 중절모랑 청소하실 때 시원하시게 쿨토시 샀으니깐 다음에 뵐 때 경빈이랑 같이 뵙고 드릴게요. 시원한 물 자주 드시면서 무리하지 마시고 청소하세요." 이렇게 오늘을 기약했단다.

오늘 천사 같은 어르신과 아침 8시 반에 너의 등굣길 놀이터에서 뵈었단다. 경빈이가 어르신께 선물을 드리고 나서야, 어르신께서는 "사

장님. 저 이제 이번 주 금요일까지만 동네 청소를 할 수 있을 거 같아요. 아내가 아파서 이제는 제가 간호해야 하거든요. 또 제 건강이 이제는 예전같지 않네요. 올해 85살인데 그래도 제가 꽤 열심히 오래 청소했죠? 그만두기 전에 사장님에게는 제일 먼저 얘기해야 해서요. 그래도 가끔 사장님 보고 싶으면 전화해도 되죠? 나이 먹은 내가 하는 일의 의미를 알아봐주고 늘 진심으로 고마움을 표현해준 사장님께 우리 아내가 감사하다고 전해 달래요. 아내는 사장님이 젊었을 때 신영균 닮았다고 맨날 그래요. 아드님이 이렇게 커서 이제는 제 머리에 모자를 직접 씌어주니 참 기분이 좋습니다. 정말 기분 좋은 선물입니다."

아빠는 순간 가슴이 먹먹해졌단다. 아빠 삶 속의 익숙한 감사함이 사라짐에 그저 눈물이 났단다. 이웃을 위해 하루 몇 시간씩 동네를 청소하시는 어르신의 깊은 배려와 사랑을 배웠기에. 한손에는 빗자루를 드시며 아빠와 마주칠 때면 언제나 손을 흔들어주시던 그 따스함을 느꼈기에. 우리 경빈이의 성장과정을 흐뭇하게 지켜봐주셨기에. 이제는 매일 아침 그 모습을 더는 볼 수 없음에 그저 마음이 찡했단다.

우리에게 소중한 것은 영원하지 않은 거 같아. 순간순간이 선물이고 기적인 거 같아. 지금처럼 사랑하는 가족과 벗들에게 더욱 자주 선물하고, 소중한 순간을 간직하는 사진도 많이 찍어야겠어.

조금 전 어르신께 추억사진과 함께 다음과 같이 카톡을 보내드렸단다.

"어르신. 그동안 진심으로 수고하셨고 감사합니다. 어르신 같은 분이 계시기에 우리 사회는 조금 더 사랑을 향해 긍정적으로 변화하는 거 같습니다. 어르신을 알게 되어 영광이었고, 존경합니다. 항상 건강하시고, 언제든 저의 작은 도움이 필요하시면 편히 연락 주십시오. 그리고 늦지 않게 놀이터에서 생수 데이트 하시지요."

경빈아! 아빠랑 우리 삶 곳곳의 천사들을 찾아보자꾸나! 그리고 우리가 그 누군가에게 천사가 되어보자꾸나!

사랑쟁이 아빠가

P.S. 아빠는 경빈이가 천사인 거 같아. 아니 확실히 천사야. "밤을 새며 전 세계 어린이들에게 크리스마스 선물을 나눠주신다고 얼마나 힘드시겠어"라며 산타클로스 할아버지께 크리스마스 이브날 네가 준비한 초코식빵과 우유와 치즈는 정말 멋진 선물이란다. 더불어 살아가는 우리 이웃들을 배려하고 아끼며 도와주는 사람, 따스함을 가지고 우리 사회에 밝은 빛을 잔잔히 뿌리는 사람이야말로 천사란다.

오늘 아빠는 경빈이의 따스한 편지에서 눈부시게 아름다운 꽃을 보았단다. 아빠가 좋아하는 글귀를 소개하며, 너에게 고마움을 전한단다.

한 알의 모래에서 우주를 보고

들판에 핀 한 송이 꽃에서 천국을 본다.

그대의 손바닥에 무한을 쥐고

찰나의 시간 속에서 영원을 보라.

— 윌리엄 블레이크의 「순수의 전조」에서

경빈이는 진정한 부자가 될 거란다!

아빠 책상에 앉아 있는 너의 사진 속 창밖 풍경을 보니, 벌써 한 해가 지나갔음을 느끼게 되네.

아빠는 경빈이를 자주 아빠 회사에 데리고 온단다.
가끔은 아빠가 하는 일의 의미와 가치도 설명해주고,
또 가장 최근 진행하는 프로젝트도 소개해주고 싶어서야.

몰론 아직까지는 아빠 설명에 너의 '응' 외에는 아무런 피드백이 없긴 하지만. 하하하.

가만히 생각해보면, 아빠 일을 소개할 때마다, 너에게 결국은 '진정한 부자의 의미'에 대해 얘기하게 되는 거 같아.

아빠는 말이야.
우리 인생에서 정말 중요하고 멋진 가치는
부 그리고 사회적 지위와 명예가 아닌
이웃들에게 베풀며 더불어 살아가는 삶이란다.

QUEEN

진정한 부자란?

내가 가진 부와 명예를 가지고

이웃들을 위해 아낌없이 나눌 줄 아는 사람이란다.

그리고 그러한 부자가 되기 위해서는

너는 올바른 가치관과 명확한 비전을 가지고 돈을 벌고 모아야 한단다.

올바른 가치관이란?

내가 가진 부는 내 주변을 둘러싼 사람들의 도움 없이는

결코 만들어질 수 없기에

부의 상당 부분은 고마운 그들에게 돌아가야 한다는 것이란다.

돈은 생명력이 있단다.

선한 에너지로 흘러보낸 돈은 더 큰 선한 에너지를 품고

나에게 돌아온단다.

(아빠가 좋아하는 골프에서도 핀에 대한 명확한 목표의식이 있을 때, 좋은 샷이 나올 확률이 높아진단다. 우리 인생도 마찬가지란다.)

명확한 비전이란?

내가 끊임없이 바라보고 노력해야 하는 인생의 목표란다.

내 가슴의 목소리가 안내하는 나의 소명이란다.

지구별에 온 내 존재이유기도 하단다.
나의 비전을 찾는 것이 쉽지 않을 거란다.
하지만 그 여정 속에서 운명적인 비전을 만나게 되고
성공과 실패 속에서 비전을 섬세하게 다듬어갈 수 있단다.

늘 가족들과 친구들을 잔잔한 감동으로 미소짓게 하는
네가 진정한 부자가 될 거라
아빠는 믿어 의심치 않는단다.

사랑쟁이 아빠가

P.S. 1 아빠 사무실에 올 때마다 너에게 얘기했지만, 오늘은 아빠가 하는 일이 무엇인지에 대해 한번 설명하려고 해. 언젠가 네가 "아! 우리 아빠는 이런 일을 했고, 그 일을 통해 나름 사회에 도움이 되려고 노력했구나!"라고 생각해줬으면 좋겠어.

기업들 위험관리 시스템 구축 서둘러야

몇 해전 시카고의 한 바이오에탄올 공장을 방문한 적이 있었다. 우연히 안전훈련 과정을 자연스럽게 보게 됐다. 당시 필자를 깜짝 놀라게 것은 훈련에 참여한 임직원들의 매우 진지하고도 비장한 태도였다. 그들은 위기관리 시스템 세부 매뉴얼에 따라 신속하고 체계적으로 자신의 책임과 역할을 다하며 대응 시뮬레이션을 하고 있었다. 그야말로 실전과 연습을 구분할 수 없는 수준이었다. 세월호 참사를 계기로 한국 기업들의 위험관리 시스템을 살펴보게 됐다.

기업인들에게 위험관리와 관련한 매뉴얼을 구축하고 관련 교육을 하고 있는지 물었다. 거의 모두 시설 안전훈련 수준에만 머물러 있었다. 기업경영 위험관리 시스템(Risk Management)은 급변하는 내·외부 경영환경에서 발생할 수 있는 다양하고 복잡한 위기를 체계적으로 대응하는 프레임워크를 말한다.

관리대상이 되는 위험의 범주는 크게 다음으로 나눌 수 있다. 최고경영자 및 주요 인력자원의 부재에 따른 경영의사결정과 관련된 '리더위험', 비즈니스 영위과정에서 발생할 수 있는 각종 사고와 관련된 '안전 위험', 현금유동성과 관련된 '재무 위험', 회계부정·횡령 등 윤리경영과 관련된 '내부통제 위험', 강력한 경쟁제품의 등장 등 경영환경에 대한 대처능력과 관련된 '경영전략 위험'으로 크게 범주화할 수 있다.

이런 다양한 위험을 관리하기 위해서는 철저하게 시스템적으로 다음과 같이 준비해야 한다.

첫째 과거 회사의 모든 위험사례를 데이터화 하고 분석하여 동종 산업군별 위험사례들을 예측 가능한 위험과 예측 불가능한 위험으로 나누어 모니터링해야 한다. 이를 통해 위험요소를 식별하고 평가해 위기사항 중요도 수준 구간을 설정하고, 이에 따른 대처 프로세스를 효율적으로 규정해야 한다.

둘째는 기업경영 위험관리 매뉴얼을 아주 구체적이고 현실적으로 구축해야 한다. 다양한 위험요소에 대해 케이스별 대응 시나리오를 구축하는 것이다. 이 시나리오에는 위험관리 영역별 위기상황 정의 및 성격·종류를 명시하고 위험관리 주관 대응팀, 즉 대책회의의 참여자 및 책임자와 그들의 권한과 역할을 구체적으로 명시해야 한다. 특히 산업군 및 위험범주에 따라 필요시 자의적 위기대응의 범위 및 책임자 권한도 명시해야 한다.

위험관리 시스템을 제대로 구축하면, 먼저 경영위기 속에서도 의사결정을 신속하고 정확하게 할 수 있다. 그야말로 위기상황 속에서 형

식의 논리가 아닌 제대로 된 실행지향적 매뉴얼의 기능이 확대되는 것이다. 특히 윤리경영의 조직문화 강화를 통해 조직내부 구성원의 자부심·존중감 상승 및 납품업체, 소비자 등의 밸류 네트워크 외부 구성원들의 평판도도 제고된다.

위기는 기회다. 위기 극복과정에서 기업들은 장기적 미래경영을 위한 기업조직의 자원과 역량을 개발해 발전할 수 있게 된다. 한국 기업들이 위기를 기회로 만들 수 있도록 위험관리 시스템을 반드시 구축해야 한다. 이것이야말로 기업의 지속가능경영과 우리 사회 구성원과의 상생경영의 튼튼한 디딤돌이다.

P.S. 2 만약 언젠가 네가 어떠한 기업이나 조직을 이끄는 CEO(최고경영자)가 된다면 꼭 지혜롭게 마음을 다스리는 '마음경영'을 하길 바래! 아빠가 생각하는 마음경영에 대해 한번 들어볼래?

대한민국 CEO여! 마음경영을 하라!

최근 실리콘밸리에서 열린 글로벌 기업들의 리스크 매니지먼트 심포지엄에 다녀왔다. 기업의 위험관리 시스템 구축을 위한 최첨단 IT 시뮬레이션과 같은 하드웨어적 요소보다는 산업재해처럼 위기시 구성원들의 침착하고 차분한 대응을 유도할 수 있는 마음경영 프로그램들에 많은 경영진이 몰려들고 있었다. 그 한가운데에 IT 비즈니스계의 상징적인 기업에서 매년 성공적으로 진행하는 368W 명상프로그램 영상이 참여자들의 시선을 사로잡았던 것이다. IT와 금융투자기업들이 명상이나 마음과 같은 추상적인 것에 집중한다는 것이 참 신기하다는 생각을 하는 순간, 벽면에 걸려진 플래카드가 눈에 들어왔다.

"마음을 관찰하다 보면 마음이 고요해지고, 마음에 더 미묘한 것을 들을 수 있는 공간이 생긴다. 그때 바로 직관이 피어나기 시작하고, 더 명료하게 사물을 보게 되며 더 현재에 집중할 수 있게 된다!"

— 애플의 창업자 스티브 잡스

심포지엄 현장에서 글로벌 기업들의 교육 담당자들과 대화를 나누면서 이러한 이유를 금방 알게 되었다. 글로벌 기업들이 다양한 비즈니스 사례를 통해 기업의 진정한 혁신은 외형적·물리적 시스템이 아닌 구성원의 내적 역량이 강화될 때만 이뤄질 수 있음을 경험하게 된 것이다. 그리고 감성지능 같은 내적 역량의 강화를 위한 최적의 솔루션은 마음을 깨어 있고, 평화롭게 하는 마음경영(Mind Biz)임을 인식하게 된 것이다.

최근 경영학계에서 각광을 받는 마음경영의 개념을 설명하겠다. 마인드 콘트롤이나 명상 같은 기법을 통해 마음이 맑아지고 고요해지면 차분한 감정인식과 자기통제로 연결되어, 위기시 침착하고 집중력 있는 대응이 가능하게 된다는 것이다. 또한 순간순간 깨어 있는 마음을 통해 업무의 몰입도와 생산성의 극대화가 이뤄진다는 것이다. 특히 마음경영을 통한 감성지능의 개발은 자신과 타인에 대한 감정의 깊은 이해와 부드러운 커뮤니케이션으로 이어져, 기업조직의 화합과 통합력 제고에 도움이 된다는 것은 여러 학술논문에서 검증되었다. 리더십의 세계적 권위자인 윌리엄 조지 하버드대학교 경영대학원 교수의 주장인 "명상은 분주한 비즈니스 현장에서도 현재 일에 온전히 집중하게 해 업무 효율성을 높여주며, 리더로서 동료와 협력하고 더 나은 결정을 내리는 데도 유익한 도움을 준다"는 마음경영의 효과를 설명하는 것이다.

가장 인상 깊게 다가온 마음경영의 효과는 구글 같은 IT기업들이 마음경영을 신규 비즈니스 개발에 적극적으로 활용하는 것이다. 마음이 깨어 있고 안정화되어 있을 때, 통합적 사고가 가능해진다는 것이다. 통합적 사고란 다양한 현상 간의 비선형적인 인과관계를 종합적으로 검토할 수 있으며, 아이디어 간의 긴장을 건설적으로 이용해 창조적으로 문제를 해결하는 방식을 말한다. 구글이 인터넷 서치엔진과는 전혀 다른 영역인 무인자동차 · 태양열로봇 · 유전자 프로파일링 등의 새로운 비즈니스를 개발하는 것도 이러한 마음경영 기반의 통합적 사고에서 기인한 것으로 평가되는 점을 주목해야 할 것이다.

시선을 한국으로 돌리겠다. 최근 구조조정에 휩싸인 산업의 경우, 경영자들이 과거에는 단기적인 이익 관점에서 성급한 투자판단을 한 것뿐만이 아니라 현재에는 기업의 장기적인 지속 가능성에 대한 고려를 하지 않은 채, 핵심인력들의 정리해고 중심의 감정적 위기 대처를 하고 있다. 특히 이 과정에서 경영진과 근로자들과의 위기극복을 위한 상생적 화합의 모습은 전혀 없으며, 모두가 내부 갈등 속에서 위기를 방관하고 있다. 그리고 과거 IT비즈니스의 대표적 선두업체인 한 대기업의 경우, 혁신적인 제품을 내놓지 못해 규모의 경제를 실현하는 중국기업에 고전을 겪고 있다. 이제 한국의 기업들에도 마음경영이 절실히 필요해 보인다. 대한민국 CEO들이 차분하고 깨어 있는 마음경영을 통해 위기 속에서 새로운 기회를 발견해야 할 것이다. 또한 기업의 가치창출 활동의 근간인 내부 구성원을 이해하고 그들과 함께 힘을 합할 때, 위기를 극복할 창의적인 아이디어가 도출될 것이다. 마음경영이야말로 가장 추상적이지만, 가장 근본적이고 구체적인 경영혁신전략임을 기억해야 할 것이다.

아낌없이 주는 나무! 부모님!

아빠에게 부모님은
'아낌없이 주는 나무'와 같단다.

힘들 때면 그저 잠시 와서
그루터기에 앉아 쉬어 갈 수 있단다.

좋을 때면 나뭇잎사귀에게
마음껏 자랑을 할 수 있단다.

언제나 감사한 부모님 나무에
아빠는 고마움으로
따스한 햇살과 청량한 비를
선물한단다.

오늘은 할아버지의 칠순을 맞아
우리 가족이 여행을 왔단다.
그리고 잠시 아름다운 성당에 머물렀단다.

아름다운 성당 옆 아름드리 나무를 보면서
마치 자식을 위해 언제나 그 자리를 지키며 기다리고 있는.
경빈이의 할아버지와 할머니 같다는
생각이 들었단다.

경빈아!
아빠와 엄마도
너에게 아낌없이 주는 나무가 되어줄게.

조금 더 경빈이에게 와닿는 표현을 하자면
아기공룡 경빈이를 지켜주는
아빠 공룡 그리고 엄마 공룡이 되어줄게.

사랑해! 경빈아!

P.S. 경빈아! 가훈(家訓)이란 가정에서 가장 중요하게 생각하는 올바른 마음가짐과 생활태도에 관한 윤리적 가르침을 말한단다. 무엇보다 집안의 고유한 전통과 교육 철학에 맞게 상징적으로 표현한 것이 특징이란다. 지금부터 우리 집의 가훈을 소개할게.

'적선성덕(積善成德)'

중국 전국시대의 사상가인 순자가 쓴 『순자(荀子)』의 「권학편(勸學編)」에 나오는 글이란다.

積善成德 而神明自得 聖心備焉(적선성덕 이신명자득 성심비언)

착한 일을 많이 하면 덕성이 이루어져, 신명(우주의 이치)을 저절로 깨달아 성스러운 마음이 갖추어진다.

비록 작은 일상생활 속에서라도 누군가를 배려하고 친절로 대하며 또 선한 목적을 향해 선한 행동을 할 때, 그것이 쌓여 내 삶은 아름답게 가꾸어진다는 뜻이란다. 선함은 사랑의 눈으로 세상을 바라볼 때 가능한 거야.(누군가를 무조건 이해하고 존중하라는 것이 아니란다. 네 삶에 마주치게 되는 비윤리적인 것에 대해서는 단호하게 대처하는 것이 진정한 선함이란다.)

미국의 정치가이자 건국의 어버지 중 한 명으로 불리는 벤자민 프랭클린은 "오늘은 내가 어떤 선한 일을 할 수 있을까"라고 매일 스스로에게 질문했다고 해. 우리도 매일 아침 미소를 지으며, 세상을 웃게 할 일들을 즐겁게 상상해보자꾸나! 어쩌면 우리 선한 노력의 작은 날갯짓이 우리 사회의 긍정적 변화를 가져오는 나비효과로 이어질 수도 있을 거란다.

'적선성덕'은 아빠가 자주 얘기하는 인과(因果)의 원리란다. 사랑의 마음을 가지고 뿌린 건강하고 좋은 씨앗이 심어져야, 아름답고 풍요로운 열매가 맺어지는 이치란다. 어쩌면 이것이 행복한 성공을 만드는 가장 강력한 비밀열쇠일지도 몰라. 사랑하는 경빈아! 우리 집 가훈을 지켜가며, 우리 사랑 가득히 살아가자!

인생의 시저스킥을 날리렴!

인생은 도전의 연속이란다.

- 네 가슴이 간절히 원하니?
- 그것을 위해 최선을 다했니?
- 하지 않는다면 무척 후회스럽겠니?
- 그것은 사람들에게 이로운 일이니?
- 이성적이고 논리적인 사고로 기초 조사와 분석을 했니?
- 너만의 느낌적 느낌으로 지금 아니면 다시는 이 기회가 올 거 같지 않니?
- 일을 해가는 과정에 놓인 다양한 위험들을 인식하고 그것을 관리할 수 있는 방법들을 고민해봤니?
- 실패하더라도 너의 꿈과 비전을 향한 길에 놓여 있는 선택이니?
- 성공하더라도 교만하지 않고 함께한 이와 도와준 이에게 온전히 감사할 수 있겠니?

모든 질문에 예스(Yes)라면,

운명처럼 다가오는 도전을 향해

과감히 그리고 멋지게

"인생의 시저스킥(Scissors Kick)을 날리렴!"

사랑쟁이 아빠가

행복한 성공을 위한 시크릿! 운동!

'건강한 육체에 건강한 정신이'라는 말이 있단다.

"몸이 건강할 때 비로소 긍정적 에너지가
정신을 지배한다"는 의미란다.

건강한 정신은 긍정적인 생각과 말과 행동으로
너를 미래지향적이고 창조적인
인생의 항로로 안내할 거란다.

네가 행복한 성공을 하려면
땀을 흘리며 운동을 해야 한단다.

행복한 성공은
더불어 살아가는 삶의 아름다움을 추구하며서
나의 비전과 꿈을 실현하는 것이란다.

건강한 몸은
주위 사람들과 평화롭게 더불어 살아갈 수 있는
여유와 배려의 마음을 낳는단다.

운동을 하면서 너는
열정적 승부욕과 도전정신을 키울 수 있단다.
몰입을 통해 너의 잠재적 창조성을 발견할 수 있단다.
너의 내적·외적 자신감과 매력은 더욱 커질 것이란다.

특히 사랑하는 사람과의 함께하는 운동은
진심 어린 감정의 나눔과 행복한 추억 만들기를
가져다줄 거란다.

운동은 너의 '행복한 성공을 위한 시크릿'이란다!

쌍둥이 동생들이 지구별 우리 집에 온 날

— Dear.경빈&선빈&규빈

경빈아!

오늘 드디어 쌍둥이 동생들이 지구별 우리 집에 왔구나. 신기한 듯 쳐다보며, 바로 동생들 볼에 입맞춤하며 사랑스럽게 이름을 불러주는 너의 모습을 보며, 아빠는 사랑 가득한 우리 경빈이가 너무 고맙단다.

아빠랑 엄마랑 경빈이랑 우리 가족은 쌍둥이 천사들을 맞이하려고 참 즐겁게 준비했던 거 같아. 그 준비과정은 어쩌면 아빠와 엄마에게 경빈이의 소중함을 느끼게 해준 귀한 감사의 시간인 거 같아. 선빈이와 규빈이의 태명인 '뷰티와 큐티'도 경빈이가 지어주었잖아. 어느 날, 엄마가 몸이 무겁다고 몰래 조용히 설거지하는 너의 모습은 감동이었단다. 태어날 동생들이 입을 옷들을 너무나 정성스레 고르는 너의 모습에서 아빠는 경빈이의 자상함을 느꼈단다. 무엇보다 갑작스레 출산하는 날, 아빠 두 손을 꼭 잡고 엄마를 위해 기도하는 너의 모습은 말로 다 표현할 수 없는 눈물겨운 순간이었단다.

사랑하는 경빈아! 이제 '사랑쟁이 아빠편지'는 시즌 2를 준비해야겠구나. 시즌 2에서는 경빈이가 우리 집 캡틴이 되어서, 선빈이 규빈이와 함께 알콩달콩 사랑추억을 가득 만들자꾸나. 시즌 2의 제목은 아마도 '사랑쟁이 가족편지'가 되지 않을까 싶어.

사랑하는 선빈아! 그리고 규빈아!

건강하게 태어나줘서 고마워! 지구별 우리 집에 온 것을 뜨겁게 환영한단다! 아마 오늘 아침부터 우리 집 강아지 별이의 귀여운 노랫소

리를 듣게 될 거란다. 그 노랫소리에 맞춰 우리 가족 일상의 사랑춤을 추자꾸나. 지금부터 아빠랑 엄마랑 경빈이 오빠랑(규빈이에게는 경빈이 형아랑) 우리 신나는 '지구별 모험의 영화'를 찍자구나!

아마 영화의 스토리는 선빈이와 규빈이가 가슴의 소리를 따라 끊임없이 도전하여, 결국 너희들이 지구별에 태어난 고유한 존재이유(소명이라 부를 수도 있겠구나)를 찾아가는 모험의 여정일 거란다!

우리 집 사랑의 마법주문인 '사랑의 4단 콤보'를 외치며,

"사랑의 헤딩!"(사랑스레 서로의 이마를 문지르며)
"사랑의 코코!"(사랑스레 서로의 코를 비비며)

정빈
선빈
2022.1.11
사랑쟁이
아빠

"사랑의 뽀뽀!"(사랑스레 서로의 입술을 마주치며)

"사랑의 포옹!"(사랑스레 서로의 가슴을 안으며)

"레디 고!(Ready Go!)"

사랑해! ♡경빈♡선빈♡규빈

♡사랑쟁이 아빠가♡

P.S. 나의 딸 선빈아! 나의 아들 규빈아!

너희가 태어나서 처음 받는 선물이란다. 아빠의 소중한 두 벗들이 손수 정성스레 지어준 옷이란다. 정말 감사한 감동의 꼬까옷 선물이란다.

아빠는 문득 '누군가를 위해 옷을 지어준다'는 것에 대해 생각해보았단다.

'과연 아빠가 옷을 만들 수 있는 능력이 있다고 한들, 누군가에게 이렇게 시간과 정성을 들여서 선물을 할 수 있을지?'

바로 '당연하지!'라는 생각이 떠오르지 않자, 아빠는 조금 부끄러워졌단다. 직접 손으로 지은 꼬까옷 선물을 받고, 아빠는 소중한 누군가를 더 사랑하고 그들을 위해 작은 감동을 줄 수 있는 사람이 되도록 노력해야겠다는 다짐을 하게 되었단다. 어쩌면 이것이 신이 사랑스러운 너희들을 우리 가정에 보내준 이유인 거 같아.

우리 한번 지구별에 정말 멋진 사랑의 나무를 심고, 가꾸어보자꾸나! 그리고 그 나무 밑에서 다 같이 즐거운 노래도 부르고, 편안한 낮잠도 자고, 맛있는 열매도 먹자꾸나! 사랑나무의 시원한 그늘과 탐스러운 열매를 친구들과도 행복하게 나누고 말이야. 너희들 태명이었던 '뷰티와 큐티'처럼, 세상의 모든 아름다움과 귀여움을 흠뻑 느끼며 살자꾸나!

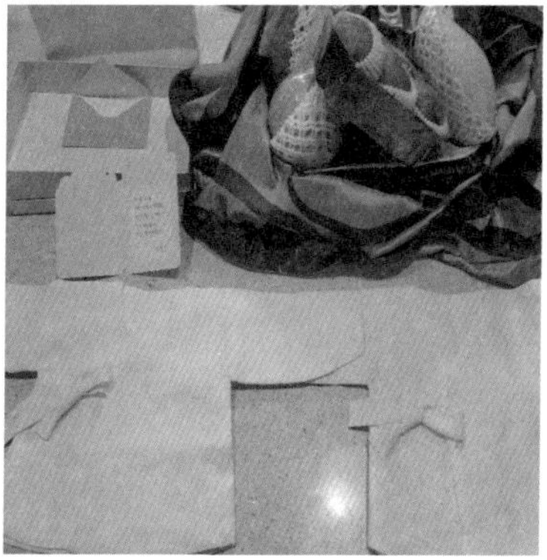

사랑을 향해 멋지게 날아가렴!

사랑하는 경빈아!

사랑을 향해 나아가렴!

네게 작은 사랑이라도 있다면 친구들과 이웃들과 나누면서 나아가렴!

혹여 힘들어 뒤처지는 사람들이 있다면 고개를 돌려 그들을 기다리렴!

그들이 함께 갈 수 있도록 따뜻히 손을 어루만지며 희망과 용기를 주렴! 주위를 둘러보며, 함께 나아가는 것이 나만 홀로 앞만 보고 달리는 것보다 훨씬 가치롭고 행복하단다.

아빠는 가슴 깊이 느꼈단다. 목표점에 도달했을 때, 주위에 친구들이 없다면 무척 허무하다는 것을.

'사랑을 향해 나아간다'는 것은 달리기가 아닌 '자연으로의 산책'과 같단다. 마치 경빈이가 공원에서 노래를 부르며, 아빠랑 엄마랑 꼬옥 손잡으며 즐겁게 걷는 것처럼 말이야.

네가 빨리 달리면 가끔 넘어지잖니? 하지만 천천히 산책할 때는 옆에 피어 있는 이쁜 꽃도 볼 수 있고, 네 볼을 스치는 시원한 바람도 느낄 수 있단다. 자연스레 너의 얼굴에는 웃음과 미소가 가득할 거란다. 너는 지금 걷는 순간의 모든 아름다움과 함께하는 것이란다.

아빠는 운전을 하다 보면, 요리조리 차를 피하고 신호를 무시하며 급하게 차를 몰고 가는 사람들을 볼 수 있단다. 그런데 있잖아. 30분 후쯤에 어느 횡단보도 앞에서 신호를 기다리다 보면, 정신없이 달렸던 그 차가 옆에 있는 것을 종종 보게 된단다. 신기하지?

정신없이 달렸던 차를 몰았던 사람은 운전하는 내내 마음이 불안했을 거야. 그리고 다른 운전자나 길을 걷는 사람들에게는 무서움을 줬을 거야. 하지만 신호를 지키며 천천히 가다 보면, 경치도 볼 수 있고 차 안 라디오에서 나오는 아름다운 음악도 들을 수 있단다. 건널목을 건너는 사람들에게 미소를 지으며 편안하게 기다릴 수도 있단다.

마음이 평화로운 경빈아!

우리 인생에서는 속도가 아닌 방향이 중요한 것이란다!

'사랑'이라는 착하고 기쁜 방향을 향해 나아가렴.

너처럼 사랑을 향하는 사람들이나 너의 사랑이 필요한 사람들과 함께 나아가렴! 사랑의 친구들과 함께 나아가다 보면 너의 사랑길은 훨씬 즐거워질 거란다. 그리고 사랑을 주는 네가 오히려 그들로부터 더 큰 사랑을 받게 된단다. 아빠의 경험으로는 사랑길을 함께 걷는 친구들이 주는 격려와 위로는 눈물나도록 고마운 인생의 선물이란다.

현명한 너는 곧 알게 될 거란다. 착한 너를 사랑하는 우주가 너에게 사랑의 날개를 달아준다는 것을. 사랑의 날개를 달고 날아가면 지구별

의 가치롭고 아름다운 것들을 천천히 그리고 행복히 감상할 수 있단다. 그리고 네 스스로 사랑의 날개를 조정하며, 지구별의 숨겨진 사랑의 길을 하나하나 발견해갈 수 있단다. 숨막힐 정도로 멋진 그 순간, 너는 소중하고 고유한 네 인생의 진정한 주인공이 되어 있을 거란다.

사랑의 날개를 달고 날아가면 네가 생각하는 것보다도 훨씬 즐겁고 빠르게 도착할 수 있단다. 사랑의 날개를 단 사람에게는 목표점에 성공이 있는 것이 아니라, 날아가는 모든 순간순간에 '행복한 성공'이 있다는 것을 기억하렴! 아빠가 좋아하는 사상가이자 시인인 랄프 왈도 에머슨이 말한 것처럼 "삶이란 목표점에의 도달이 아니라, 그간의 여정"인 거 같아.

지구별의 사랑왕자 경빈아!
이제 사랑의 날개를 달고 사랑을 향해 멋지게 날아가렴!

사랑쟁이 아빠가

P.S. 경빈아! 아빠의 로망은 아빠가 쓴 가사를 가지고, 아빠가 직접 노래를 불러 싱글앨범을 내는 거였단다. 〈Thank you for my Life(고마워 나의 삶)〉는 아빠의 자전적 노래란다. 이 노래의 가사는 엄마랑 너랑 사진 속의 정원이 아름다운 어느 카페에 갔다가 그 자리에서 10분 만에 써내려갔단다. 아마도 그건, 엄마와 너의 사랑 에너지를 아빠가 듬뿍 받았기 때문일 거야.

참, 너도 잘 알듯이, 아빠와 엄마는 자유여행을 사랑한단다. 자유여행을 하면서 느꼈던 세상의 모든 사랑을 『자유 여행 편지』라는 책에 담아보았단다. 책의 표지에서 볼 수 있듯이, "우리는 춤추고 사랑하고 노래를 부르며 지금 이 순간을 살아야 한단다.(Dance, Love, Sing, Live.)" 그래서 그런지, 사랑쟁이 아빠가 〈Thank you for my life〉를 그렇게 부르고 싶었나 봐. 하하하. 아빠가 생각하기에 '아빠의 존재이유'는 '세상에 뿌려진 사랑과 행복을 찾기 위해서'인가 봐!

사랑하는 경빈아! 아빠는 자유를 느끼며, 사랑을 느끼며, 드디어 아빠의 첫 싱글앨범을 녹음했단다. 마침내 아빠의 로망이 담긴 버킷리스트를 이뤘단다. 우리 경빈이한테 제일 먼저 축하를 받고 싶단다. 언제나 아빠가 세상에서 가장 멋지다고 얘기해주는 고마운 경빈아! 한 번 눈을 감고 들어보렴. 왠지 우리 집 주제곡이 완성된 느낌 아니야? 아빠가 엄마랑 너희들 의사와 상관없이 너무 일방적으로 정해버렸나? 하하하. 경빈이, 선빈이, 규빈이 모두 아빠랑 엄마랑 함께 우리 집 주제곡

아빠의 첫 싱글앨범 커버.

부르는 모습을 즐겁게 상상해본단다.

Gracias A La Vida(인생이여! 고마워요!)

Thank You For My Life(고마워요! 나의 삶!)

Thank You For My Life

Thank you for my life

Love you with all my heart

you give me the answers I need

You give me everything

You make my life beautiful

1. 인생의 긴 터널을 건널 때

괴로운 마음이 들때에도

왠지 나는 잘될 거라는 믿음

어둠 속에서 환히 빛나던 희망

그 힘으로 사람들의 손잡고

그 외침에 응답했지

돌아보면 찬란했던 날들

앞으로도 나, 그렇게 사는 거야

Thank you for my life
Love you with all my heart
you give me the answers I need
You give me everything
You make my life beautiful

2. 서툴렀지만 순수했던 첫 사랑
가슴 벅찼던 순간들
때론 슬픔에 울기도 했지만
언제나 나는 노래하고 있었어

*** Thank you for my life
Love you with all my heart
you give me the answers I need
You give me everything
You make my life beautiful
The life I needed
I love my life

Thank you for my life

Love you with all my heart

you give me the answers I need

You give me everything

You make my life beautiful